Alice au ranch

Retrouvez *Alice* dans la Bibliothèque Verte

Alice et le diadème
Alice à Venise
Alice et la pantoufle d'hermine
Alice et les chats persans
Alice et la poupée indienne
Alice et les diamants
Alice et la rivière souterraine
Alice chez le grand couturier
Alice au ranch
Alice chez les Incas
Alice en Écosse
Alice au Canada
Alice et l'esprit frappeur
Alice écuyère
Alice et la réserve des oiseaux
Alice et le cheval volé
Alice au bal masqué
Alice chez les stars
Alice et le fantôme de la crique
Alice et l'architecte diabolique
Alice et la malle mystérieuse
Alice au manoir hanté
Alice et la dame à la lanterne
Alice et le chandelier
Alice et les faux-monnayeurs

Caroline Quine

Alice au ranch

Traduction
Claude Voilier

Illustrations
Marguerite Sauvage

hachette
JEUNESSE

Alice

Jeune détective de choc,
extrêmement perspicace et courageuse pour
ses dix-huit ans. Au volant de son cabriolet,
elle se lance dans des enquêtes toujours
trépidantes... quitte à affronter des
adversaires aussi malhonnêtes que
dangereux !

Marion

Le garçon manqué de la bande.
Avec Bess, c'est la meilleure amie d'Alice...
Grande sportive, elle a le
goût de l'aventure, et ne dit
jamais non à une bonne
enquête !

Bess

C'est la cousine de Marion.
Gourmande, coquette et aussi un
peu timorée, elle finit cependant
toujours par suivre ses amies dans les
aventures les plus risquées...

James Roy

Le père d'Alice.
Ce célèbre avocat prête souvent main-forte à sa fille dans ses enquêtes... quand ce n'est pas Alice qui l'aide à résoudre les énigmes les plus ardues !

Ned

Lorsqu'il n'est pas retenu par ses épreuves sportives ou par ses cours à l'université, ce beau jeune homme aide les trois amies à résoudre les mystères les plus ténébreux... pour le plus grand plaisir d'Alice !

L'ÉDITION ORIGINALE DE CET OUVRAGE A PARU
EN LANGUE ANGLAISE CHEZ GROSSET & DUNLAP,
NEW YORK, SOUS LE TITRE :

THE SECRET AT SHADOW RANCH.

© Grosset & Dunlap, Inc., 1931.
© Hachette Livre, 1978, 1989, 2000 et 2006 pour la présente édition.

Traduction revue par Anne-Laure Estèves

Tous droits de traduction, de reproduction
et d'adaptation réservés pour tous pays.

Hachette Livre, 43, quai de Grenelle, 75015 Paris.

chapitre 1

Une invitation alléchante

— Allez, Alice ! Viens avec nous au Ranch de l'Érable !

— On va s'amuser comme des folles là-bas, dans un vrai ranch de l'Ouest !

Alice Roy, confortablement installée dans le canapé de son salon, écoute d'un air amusé le bavardage insistant de Bess Taylor et Marion Webb. Les deux jeunes filles sont cousines et habitent comme elle à River City. Pour l'instant, elles n'ont qu'une idée en tête : convaincre leur amie de partir en vacances avec elles dans l'Ouest américain.

— J'avoue que c'est tentant, concède Alice en souriant.

— Tu m'étonnes ! s'écrie Marion avec enthousiasme. On vivra au milieu des cow-boys et de chevaux à moitié sauvages !

— Et à part ça ? Vous avez d'autres détails sur ce fameux ranch ?

— Eh bien, explique Marion, notre oncle de Chicago, Douglas Rolley, vient d'hériter d'un petit ranch dans l'Arizona, au pied des montagnes Rocheuses. Mais, apparemment, l'exploitation n'est pas assez rentable et le régisseur pas très efficace... Oncle Doug pense qu'il faut aller voir ce qui se passe exactement là-bas.

— Il compte vérifier par lui-même ? questionne Alice.

— Non, il n'a pas le temps. C'est sa femme, tante Nelly, qui ira à sa place.

— Je suis sûre qu'elle te plaira ! enchaîne Bess. Elle est adorable.

— Je disais donc, reprend Marion, que tante Nelly doit se rendre au Ranch de l'Érable. Mais l'Arizona ne l'enchante pas du tout ! Alors elle s'est dit que ce serait plus amusant si on venait avec elle.

— En fait, je pense qu'elle a surtout trouvé un bon prétexte pour nous faire plaisir et nous emmener découvrir la vie de l'Ouest, la coupe encore Bess.

— Vous comptez rester combien de temps au ranch ?

— Aussi longtemps qu'il faudra à tante Nelly pour régler ses affaires, répond Marion. Plusieurs semaines au moins.

— Et puis, Emma Regor a promis de venir aussi, déclare Bess.

— Qui ça ?

— Emma ! C'est vrai que tu ne la connais pas. C'est la nièce d'oncle Doug. Nous, nous sommes les nièces de tante Nelly.

— Emma est charmante, pas du tout genre « garçon manqué » comme moi ! explique Marion en ébouriffant ses courts cheveux bruns.

— Que tu le veuilles ou non, tu as un charme fou ! réplique vivement Alice.

— N'empêche qu'Emma ressemble beaucoup plus à Bess qu'à moi.

La cousine de Marion est blonde, coquette et très jolie. Quant à Alice, avec ses boucles dorées et ses yeux vifs, elle n'est pas en reste. Où qu'elle aille, sa beauté naturelle attire les regards, sans même qu'elle s'en rende compte...

— Vous pouvez me parler d'Emma Regor ? demande-t-elle avec intérêt.

Bess et Marion échangent un regard. Après quelques secondes d'hésitation, Marion soupire :

— Autant te prévenir tout de suite pour que tu ne fasses pas de gaffe... Il ne faut jamais parler de son père à Emma.

— Pourquoi ? Qu'est-ce qu'il a fait ?

— Il a tout simplement disparu du jour au lendemain...

— Ça fait six ans maintenant, explique Bess.

Emma en avait huit... Elle a trois ans de moins que nous.

— Tu dis que M. Regor a quitté sa famille..., articule lentement Alice. Il l'a abandonnée ?

— C'est ce que les gens ont raconté à l'époque, déclare Bess. Mais sa femme n'a jamais voulu le croire. Elle a toujours pensé que quelque chose était arrivé à son mari. En fait, il est parti en voyage d'affaires pour Philadelphie... et il n'est jamais parvenu là-bas.

— Il s'est purement et simplement volatilisé, ajoute Marion. Personne n'a plus jamais entendu parler de lui.

— Il n'a même pas écrit à sa femme ni à Emma, renchérit Bess.

— C'est bizarre... Il avait des problèmes financiers ? suggère Alice.

— Pas du tout ! assure Marion. Ses affaires marchaient très bien et il n'avait aucune dette.

— Des ennemis peut-être ?

— Pas que je sache, répond Marion. Pourtant, tout le monde a du mal à croire qu'il ait pu abandonner sa femme et sa fille volontairement. Mme Regor est une femme adorable et il paraît qu'ils formaient un couple très uni tous les deux.

— Évidemment, dit Bess, Emma a été très marquée par cette histoire. Elle fait tout pour cacher son chagrin mais elle n'arrive pas à oublier.

— Je ne lui en parlerai pas, c'est promis, affirme Alice.

Marion frappe des mains.

— Si tu as l'intention de rencontrer Emma, s'écrie-t-elle avec bonne humeur, ça veut dire que tu acceptes de venir là-bas avec nous !

— Pas si vite ! Je n'ai pas dit ça !

— Allez, décide-toi ! la presse Marion. On pourra faire du cheval tous les jours...

— Parle pour toi ! la coupe sa cousine. Alice, il faut que tu viennes. Il n'y a que toi qui puisses m'apprendre à monter à cheval.

— Bon, c'est d'accord, cède enfin Alice en regardant ses amies avec des yeux pétillants de plaisir. Mais, il faut d'abord que j'en parle à papa...

— De quoi est-ce que tu veux me parler, ma chérie ? interroge James Roy en entrant au même moment dans la pièce.

M. Roy, avocat à River City, est un grand et bel homme. Il est veuf depuis longtemps et c'est Sarah, une gouvernante formidable, qui a pratiquement élevé toute seule Alice.

— Bess et Marion veulent que j'aille passer mes vacances avec elles, dans un ranch de l'Arizona. Tu acceptes que j'y aille ? Je ne vais pas trop te manquer ? demande la jeune fille avec malice.

— Je ne risque pas de m'ennuyer, ma petite

Alice, affirme M. Roy, parce que je dois moi-même m'absenter quelques semaines pour mes affaires. Ça m'embêtait de te laisser seule. Le problème est donc réglé, à condition que tu ne cherches pas encore à résoudre une énigme, quelle qu'elle soit !

— Là, papa, proteste Alice, tu m'en demandes trop !

— Bon, je crois que ce n'est pas la peine que j'essaie de te convaincre sur ce point...

— Alice, tu risques d'être déçue, si tu espères trouver un mystère là-bas ! s'écrie Marion en riant. La seule chose à élucider, c'est comment relancer ce ranch !

Alice sourit à cette boutade. Il est vrai que la jeune fille semble faite pour l'aventure... et pour tirer au clair des énigmes troublantes. Peut-être parce que son père est spécialisé dans les affaires criminelles et que, depuis longtemps déjà, ils discutent ensemble des cas les plus passionnants. Pourtant, c'est par pur hasard qu'elle a été amenée à résoudre seule ses premiers mystères. Depuis, elle a pris en main plusieurs affaires et s'est forgé une solide réputation de détective amateur.

— En conclusion ? demande Bess, pratique.

— Eh bien, en conclusion... je viens avec vous ! répond gaiement Alice.

— Vous voulez partir quand ? s'enquiert M. Roy.

La fille de l'avocat regarde ses amies d'un air interrogateur.

— Dans une semaine... si nous arrivons à être prêtes à temps ! déclare Bess avec humour.

— En ce qui me concerne, je peux être prête en dix minutes, assure Alice qui brûle brusquement d'impatience. Les filles, je suis certaine qu'on va passer des vacances géniales !

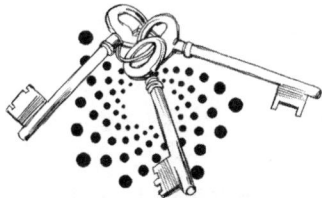

chapitre 2

En route pour le ranch !

Le jour du départ est bientôt là. De bonne heure, les trois jeunes filles montent joyeusement dans le train pour Chicago, où elles doivent retrouver Mme Rolley et Emma. Elles repèrent rapidement leurs places et, à peine assises, se lancent dans une discussion animée sur ce qui les attend en Arizona. Tout à leur excitation, elles ne voient pas le temps passer et sont même surprises lorsque le contrôleur annonce que le train va entrer en gare de Chicago.

— On a moins d'une heure pour changer de train, dit Bess. J'espère que tante Nelly et Emma ne seront pas en retard !

— Ne t'inquiète pas, la gronde gentiment Marion. Tout va bien se passer !

À cet instant, Alice aperçoit une belle femme d'environ quarante ans qui agite la main dans

leur direction. Avec un cri de joie, Bess et Marion s'élancent dans sa direction.

— Tante Nelly ! s'écrie Bess. J'avais peur de te manquer dans cette foule !

Marion présente rapidement Alice à sa tante, puis fait signe à Emma Regor, qui se tient un peu en arrière. Emma est ravissante et Alice la trouve immédiatement sympathique, malgré la profonde tristesse qui se lit sur son visage. L'adolescente ne doit pas rire très souvent...

— Où est oncle Doug ? s'enquiert Marion quand les présentations sont terminées.

— Il s'occupe de nos billets. Ah, il est là !

Un homme à la physionomie ouverte s'avance en effet vers le petit groupe.

— Désolé de vous avoir fait attendre, dit-il avec un large sourire. Et encore plus de vous presser. Mais si vous voulez avoir votre correspondance...

Effectivement, il n'y a pas une minute à perdre. Tout le monde s'engouffre dans un taxi, pour se rendre d'une gare à l'autre, et les voyageuses arrivent juste à temps pour attraper leur train de nuit.

— Ouf ! soupire Marion. J'ai bien cru qu'on allait le rater ! Heureusement qu'oncle Doug a dit au chauffeur de taxi d'accélérer.

— C'est toujours la même chose avec lui ! s'écrie tante Nelly en riant. On n'a jamais le

temps de respirer. Je voulais prendre le train suivant, mais Doug était sûr qu'on pourrait avoir celui-ci en nous dépêchant un peu.

— Si vous êtes aussi active que votre mari, fait remarquer Alice, amusée, vous aurez vite fait de renflouer le Ranch de l'Érable.

Tante Nelly sourit.

— À propos de ce ranch, les filles, ne vous faites pas trop d'illusions. Il n'a rien de sensationnel...

Elle regarde ses compagnes avec une pointe de malice et ajoute :

— Et je ne vous ai pas dit le pire... Le Ranch de l'Érable est situé à vingt-cinq bons kilomètres de la ville la plus proche !

— Aucune importance, déclare paisiblement Alice. On n'a pas tous les jours l'occasion de découvrir la vie de l'Ouest !

— Oui, renchérit Emma. J'en ai marre de la ville et de la foule.

Vite lassées de regarder le paysage monotone de champs de céréales, Mme Rolley, Bess, Marion et Emma entament une partie de cartes.

— Moi, je vais faire un tour dans la voiture-salon ! annonce Alice.

Laissant ses amies à leur jeu, elle se dirige vers la voiture aménagée en salon de lecture, dont les grandes baies vitrées offrent une vue panoramique du paysage. Elle prend un siège et se

plonge dans la lecture d'un article sur les ranches de l'Ouest. Au bout d'un moment, elle relève la tête et constate qu'un homme, assis dans un fauteuil voisin, a les yeux fixés sur elle. Pris en flagrant délit d'indiscrétion, le voyageur s'excuse poliment :

— Pardonnez-moi, mais je vois que vous vous intéressez aux ranches...

Alice examine son interlocuteur. Ses cheveux sont parsemés de fils argentés et son front creusé de profondes rides. Toutefois, la jeune fille estime qu'il ne doit pas avoir plus de quarante-cinq ans. Ses yeux retiennent particulièrement l'attention, tellement la tristesse y est visible.

La jeune fille sourit et acquiesce :

— C'est vrai. La vie dans l'Ouest me passionne, et pour une bonne raison : je vais passer mes vacances au Ranch de l'Érable, dans l'Arizona !

— Au Ranch de l'Érable ! s'exclame le voyageur. Quelle coïncidence !

— Vous connaissez ?

— Un peu, oui. J'habite à Greenstown. C'est la ville la plus proche du Ranch de l'Érable.

Il fouille dans sa poche et en tire une carte de visite qu'il tend à Alice :

— Je m'appelle Eddy Rogers. Je tiens une petite librairie à l'adresse marquée ici...

— Puisque vous êtes de la région, dit Alice,

vous allez pouvoir me parler de l'Arizona et du Ranch de l'Érable.

Eddy Rogers secoue la tête.

— En fait, déclare-t-il, je n'ai jamais visité le ranch, mais j'ai entendu dire qu'il marchait très bien... enfin, avant la mort de son propriétaire en tout cas. Le régisseur a apparemment du mal à s'en sortir depuis qu'il est seul aux commandes.

Alice pose encore quelques questions mais, même s'il répond poliment, M. Rogers ne semble pas d'humeur à bavarder. La jeune fille constate que son visage est soucieux, avec une expression presque douloureuse.

« Cet homme me fait de la peine, songe-t-elle. On sent qu'il a beaucoup souffert dans la vie... »

Quelques instants plus tard, elle se lève pour partir. Avant de quitter la voiture-salon, elle jette un coup d'œil par-dessus son épaule. M. Rogers regarde d'un air absent au-delà des baies vitrées. De toute évidence, il ne s'est pas aperçu de son départ.

Alice va rejoindre ses amies et oublie vite le voyageur. Cependant, le lendemain matin, quand elle entre dans la voiture-restaurant pour y prendre le petit déjeuner, elle aperçoit le libraire, déjà installé. Et c'est précisément à sa table que l'on place Mme Rolley et les jeunes filles. Le visage de M. Rogers s'éclaire : il a l'air content de revoir Alice. Celle-ci le présente aux autres.

En attendant qu'on les serve, les six voyageurs bavardent. Eddy Rogers parle en connaisseur de divers sujets mais ne laisse pas échapper un mot sur sa vie privée.

— Il y a quelque chose qui m'intrigue chez cet homme, déclare Alice à ses amies quand elles sont de retour dans leur compartiment. En tout cas, je le trouve très intéressant.

— Eh bien, pas moi, répond Marion. Il est agréable comme ça, parce qu'il parle d'un tas de choses qu'il semble bien connaître. Mais dès qu'on aborde des sujets personnels, il se ferme comme une huître. Ce genre d'attitude m'énerve.

— Ce qui m'étonne le plus, moi, dit Bess, c'est qu'il ne nous ait presque rien raconté sur la vie des gens dans l'Ouest. Après tout, il a dû passer toute sa vie à Greenstown, mais il n'a pas l'air d'en savoir beaucoup plus que nous sur les ranches !

— C'est vrai que ça peut paraître bizarre, admet Alice en hochant la tête, mais je te ferai remarquer qu'il n'a jamais prétendu être un fermier. Il vend des livres !

— Dans ce cas, il nous voit sûrement comme de futures clientes, conclut Bess. Au ranch, s'il pleut, on n'aura pas grand-chose à faire et on sera bien obligées de lire beaucoup. Et, à part sa librairie, je ne vois pas où on pourra trouver des livres !

Alice secoue la tête.

— Je ne pense pas qu'il discute avec nous par intérêt, dit-elle. Il n'est pas du genre à se faire de la publicité... Tu as vu comme il a l'air triste ? Il y a quelque chose qui le fait souffrir, c'est sûr.

— Euh, je n'ai rien remarqué, avoue Bess. Et de toute façon, ça ne nous regarde pas.

Emma Regor, qui a jusqu'ici laissé parler ses compagnes sans dire un mot, intervient soudain :

— Moi, j'aimerais bien le revoir, déclare-t-elle calmement. Je le trouve sympathique... très sympathique même. Il me plaît beaucoup.

— Vous voyez ! s'écrie Alice, triomphante. Enfin quelqu'un qui pense comme moi !

chapitre 3

La fin du voyage

— Plus qu'un quart d'heure et on sera arrivées ! s'écrie Marion après un coup d'œil à sa montre. Hum ! Vous avez vu ce paysage. Plutôt désertique...

— Ne m'en parle pas ! soupire tante Nelly avec une grimace comique. Je commence presque à regretter d'être venue. Je ne vais jamais supporter cet air chaud et sec.

— Bah ! Il fera certainement plus frais au pied des montagnes, affirme Alice en guise d'encouragement.

— Au fait, Alice, dit Bess. Tu as recroisé ton ami Eddy Rogers ?

— Non, pas depuis le petit déjeuner.

— Il est censé descendre à la même station que nous, non ?

— En principe, oui. Comme il habite Greens-

town, c'est forcément là qu'il s'arrête. Mais je n'ai même pas eu l'occasion de le lui demander. Il est tellement timide ! Autant qu'Emma..., ajoute Alice en souriant.

— Je ne suis pas timide, proteste Emma. Je... je parle moins que vous, parce que j'ai moins de choses à dire, c'est tout.

— Je disais ça pour te taquiner, assure vivement Alice. Quand on est toutes les trois ensemble, on est plus bavardes que des pies !

Cependant, les voyageuses commencent à rassembler leurs bagages. À elles cinq, elles n'ont pas moins de douze sacs !

— J'espère que quelqu'un va nous aider à descendre tout ça ! s'inquiète Mme Rolley.

Bientôt, le train entre en gare et s'immobilise.

— C'est une gare, ça ? s'écrie Marion en passant la tête par la fenêtre. On dirait plutôt une prairie, oui !

— Allez, dépêche-toi ! dit Alice en la tirant par le bras. Il n'y a que trois minutes d'arrêt.

Les voyageuses descendent de voiture et se retrouvent sur le quai. Elles sont tellement occupées à compter leurs bagages qu'elles ne voient pas Eddy Rogers sauter du train à l'instant même où celui-ci repart.

— Mais où est la ville ? gémit Bess.

— Et le régisseur qui devait venir nous chercher ? ajoute Mme Rolley en écho.

Le libraire, comprenant que le petit groupe est en difficulté, s'approche et propose gentiment :

— Est-ce que je peux vous aider ?

— Quelqu'un du Ranch de l'Érable devait nous accueillir et nous amener là-bas, explique tante Nelly. Pour l'instant, il n'y a personne et je me sens un peu perdue. On m'avait pourtant dit que la ville n'était pas loin...

— Elle se trouve à deux bons kilomètre d'ici, madame. Si vous voulez, je vais mettre vos valises dans la gare, vous serez plus à l'aise à l'intérieur pour attendre.

— Merci beaucoup.

Eddy Rogers transporte donc les bagages dans la salle d'attente. Mme Rolley le remercie chaleureusement :

— J'espère qu'un de ces jours, lui dit-elle, vous viendrez nous voir au ranch.

— Avec plaisir.

Là-dessus, le libraire dit au revoir aux voyageuses et part à pied vers la ville.

Alice, de son côté, guette à la fenêtre. Soudain, elle voit apparaître une vieille voiture qui vient se garer dans la cour. Un homme maigre et dégingandé, vêtu d'habits mal coupés, en sort sans se presser. Il entre dans la gare à pas lents... et aperçoit les douze sacs. Ses yeux s'écarquillent et il reste bouche bée devant les volumineux bagages.

— Voilà notre homme, je crois ! annonce Alice.

Le nouveau venu regarde Mme Rolley et les jeunes filles.

— Vous êtes la nouvelle propriétaire du Ranch de l'Érable ? demande-t-il d'un ton bourru.

— Mais oui ! répond tante Nelly avec son plus grand sourire.

Son attitude engageante paraît dissiper un peu l'air bougon de l'homme.

— Je suis Georges Manner, votre régisseur, annonce-t-il. La voiture est là... Vous n'avez qu'à monter.

— Et les bagages ?

— On va les empiler sur la galerie du toit.

Avant de s'installer, Mme Rolley fait les présentations. Puis elle s'assied à côté de Georges Manner sur le siège avant, tandis que les quatre jeunes filles s'entassent à l'arrière. La voiture est vieille mais robuste. Bientôt, ils atteignent Greenstown. Manner s'y arrête pour acheter des produits à l'épicerie. Les voyageuses sont surprises d'apprendre qu'il y a près de dix mille habitants dans la ville.

Le voyage reprend. Le paysage, sec et monotone, déçoit un peu les jeunes filles. Seules les montagnes, au loin, apportent une note de gaieté.

Chemin faisant, Mme Rolley interroge Manner sur le ranch. Elle parle avec compétence, en

véritable femme d'affaires. Voyant cela, Manner se met à la considérer avec respect. C'est une « patronne » comme ça qu'il lui faut.

— Vous avez l'intention de vendre le ranch ? demande-t-il au bout d'un moment.

— Je ne sais pas encore, répond Mme Rolley. Il faut d'abord que je me rende compte sur place.

— Le Ranch de l'Érable n'est plus ce qu'il était autrefois, admet le régisseur en ayant l'air de s'excuser, mais c'est quand même un bon ranch. Ça m'embêterait que vous le vendiez.

Bientôt la voiture quitte la route principale pour prendre un chemin qui serpente à travers les bois. Les voyageuses épuisées retrouvent brusquement leur énergie. Elles respirent à pleins poumons l'air frais et pur et, rassérénées, elles commencent à s'intéresser de nouveau au paysage autour d'elles.

— Je vous l'avais bien dit qu'on serait bien près des montagnes ! s'exclame Alice, aux anges.

Quelques minutes plus tard, la voiture débouche dans un espace découvert... Un peu plus loin, elle replonge dans un autre bois, puis dévale une pente si raide que les jeunes filles doivent s'agripper à leur siège pour garder l'équilibre.

— Je rêve ! grommelle Marion. On est en pleine montagne.

— La montagne, riposte Manner, on en est encore loin. Ici, ce n'est qu'une minuscule colline.

Finalement, après un brusque virage, la voiture s'arrête à côté d'un énorme rocher, dans un horrible grincement de freins.

D'un geste de la main, Manner indique la vallée qui s'étend au-dessous d'eux :

— Voici votre domaine, madame. Ce que vous voyez là-bas, c'est le Ranch de l'Érable !

Les voyageuses retiennent leur souffle. Pendant une bonne minute, personne ne parle. Alice et ses compagnes ne peuvent détacher leur regard du superbe panorama qui s'offre à leur vue... Au milieu de pâturages miraculeusement verts se dresse le ranch. Derrière, on distingue une montagne qui semble se fondre dans le ciel bleu.

— Magnifique ! s'écrie enfin Mme Rolley. Tout compte fait, je ne regrette pas d'être venue.

— Je me doutais bien que ça vous plairait, déclare Manner en montrant pour la première fois un peu d'enthousiasme.

Puis il se tourne vers les jeunes filles et cligne de l'œil.

— Et vous n'avez encore rien vu, dit-il. Attendez seulement d'admirer nos chevaux !

chapitre 4

Une aventure

À la vue du ranch entouré de verdure, Alice et ses compagnes sentent leur enthousiasme se ranimer. La dernière étape du voyage se passe en bavardages entrecoupés de rires heureux. Enfin, la voiture surchargée s'arrête devant le ranch. Tout le monde met pied à terre. Alice regarde autour d'elle avec un vif intérêt. Les bâtiments de ferme auraient bien besoin de quelques réparations et d'une bonne couche de peinture et, pourtant, l'ensemble reste très accueillant. Derrière la ferme se trouvent les granges, les écuries et les enclos.

Manner fait entrer le petit groupe dans la maison. Une femme aussi ronde que souriante sort de la cuisine et vient à leur rencontre. C'est l'épouse de Georges Manner, Lina.

— Le dîner sera bientôt prêt, annonce-t-elle.

Vous avez juste le temps de monter dans vos chambres et de faire un brin de toilette.

Alice et Marion se partagent une chambre au premier étage. Les autres s'installent à l'étage supérieur.

— Alors, demande Marion, qu'est-ce que tu en penses ?

— Ta tante Nelly est adorable, ce ranch est fascinant et, d'après les odeurs qui montent d'en dessous, Mme Manner a l'air d'un sacré cordon bleu. Son mari est un peu mou pour un régisseur, mais ta tante le secouera, c'est sûr !

Quelques instants plus tard, après avoir fait un brin de toilette, les voyageuses attaquent avec appétit un excellent repas. Les cinq cow-boys du ranch font une apparition après le dessert pour se présenter à Mme Rolley et aux jeunes filles. Alice en profite pour interroger à Manner :

— Où sont les chevaux dont vous nous avez parlé ?

— De l'autre côté... Nous avons dû en vendre beaucoup ces derniers temps mais il en reste encore pas mal.

— Ils sont apprivoisés ? demande Alice d'une voix timide.

Réprimant un sourire, Manner affirme que certains sont déjà dressés.

— Et la vieille Gipsy sera parfaite pour vous,

mademoiselle, ajoute-t-il. Elle est douce comme un agneau.

— Moi aussi, je veux une jument très calme, déclare Bess.

— Décidément ! bougonne Georges Manner. Aucune de vous n'a jamais fait d'équitation ?

— Seulement Alice, dit Marion.

— Eh bien, il va falloir prendre des leçons, mesdemoiselles. Quand vous repartirez pour la ville, vous saurez toutes monter à cheval !

— Quand est-ce qu'on peut commencer ? demande avidement Marion.

— Demain matin, ça vous irait ?

— Parfait ! À quelle heure ?

— Juste après le petit déjeuner. À six heures et demie.

— Six heures et demie ! répètent les jeunes filles en chœur.

— Eh oui ! répond Manner avec un sourire malicieux. J'ai du travail, moi, et c'est le seul moment que j'aurai à vous consacrer.

— Je suis prête à faire un effort, consent Alice.

— Moi aussi, grommelle Marion... à condition que quelqu'un me pousse hors de mon lit !

Rendez-vous est donc pris pour le lendemain matin... Mais quand le réveil sonne, annonçant à Alice qu'il est l'heure de se lever, elle a l'im-

pression qu'elle vient à peine de s'endormir. Elle secoue Marion avec vigueur.

— Debout, paresseuse ! lui crie-t-elle.

Marion se pelotonne sous les couvertures.

— Je crois que je vais attendre jusqu'à demain finalement, dit-elle.

— Tu n'as pas honte ? Allez, dépêche-toi ! Debout !

Les deux jeunes filles sont les premières à arriver au paddock. Pour l'occasion, Alice a enfilé un jean et une chemise bleu marine. Aux pieds, elle porte une paire de bottes en cuir, achetée spécialement en vue du séjour au ranch. Emma et Bess les rejoignent quelques minutes plus tard, le visage encore ensommeillé. Manner a déjà sellé quatre petits chevaux qu'il amène auprès des jeunes filles.

Alice se met en selle avec légèreté. Il est facile de voir qu'elle est de taille à se débrouiller seule. Marion l'imite rapidement et Emma, aidée par Manner, s'en sort sans trop de peine. Pour Bess, c'est une autre histoire... Une fois le pied dans l'étrier, elle ne parvient ni à le retirer ni à s'en servir comme point d'appui pour se hisser en selle. Sa monture se met lentement en marche et la jeune fille, désespérée, est obligée de la suivre à cloche-pied sous l'œil amusé des cow-boys assis sur la barrière de l'enclos. Enfin, Manner

vient secourir Bess et l'aide à s'installer sur le dos de son cheval.

La leçon peut alors commencer. Manner fait trotter les chevaux en cercle jusqu'à ce que les jeunes cavalières soient épuisées et ne sentent plus leurs muscles. Cependant, dès la fin de la leçon, Marion sait bien se tenir en selle et Emma fait des progrès visibles. Seule la pauvre Bess est à la traîne ! Quant à Alice, elle monte avec assurance et agilité. Les cow-boys l'ont même applaudie quand elle a fait galoper son cheval dans le vaste enclos.

— À quand la prochaine leçon ? demande Marion, pleine d'ardeur. Demain ?

Georges Manner se met à rire.

— Ça m'étonnerait que vous soyez en forme pour monter à cheval demain, dit-il.

Et il a raison... Le lendemain, les jeunes filles, courbatues, ont même du mal à marcher. Mais, le surlendemain, leurs muscles sont moins raides et elles sont toutes disposées à prendre une nouvelle leçon.

Au bout de quelques jours, Manner se déclare content des progrès de ses élèves. Chaque jour, il les emmène un peu plus loin avec lui dans les environs. Bess elle-même, malgré plusieurs chutes, prend goût à ces promenades équestres. À la fin, le régisseur déclare qu'elles en savent suffisamment pour se passer de lui.

— Vous pensez qu'on peut aller seules dans la montagne ? s'inquiète Alice.

— Non, je ne crois pas. Mais si vous voulez sortir demain, je peux demander à un des cow-boys de vous accompagner : Jack Glen par exemple.

— Bonne idée ! On pourra faire un pique-nique ! propose Alice.

Les autres acquiescent avec enthousiasme. Suivant les conseils de Jack Glen, elles décident d'aller du côté du Ruisseau de l'Ours, un coin particulièrement pittoresque. Tante Nelly promet de leur préparer un panier de provisions bien garni. Les quatre jeunes filles aimeraient bien l'entraîner avec elles, mais celle-ci n'apprécie pas vraiment les promenades à cheval et elle est bien trop occupée à réorganiser le ranch pour perdre son temps au-dehors.

Le lendemain matin, de bonne heure, le petit groupe, conduit par le cow-boy, prend donc la direction de la montagne.

— C'est un temps parfait pour sortir à cheval ! fait remarquer Alice à Jack Glen.

— Moui..., répond le cow-boy en regardant le ciel. En fait, je n'aime pas trop ces nuages, là-bas, au sud-ouest. Il y a parfois des orages terribles qui viennent de par là.

La jeune cavalière regarde à son tour les nuages mais ils ne lui semblent pas très mena-

çants. Le soleil est brûlant et l'air sec. Très vite, elle ne songe plus qu'à admirer le décor autour d'elle. Les chevaux marchent en file indienne, dans un chemin rocheux qui longe le Ruisseau de l'Ours. De temps en temps, les cavaliers s'arrêtent pour contempler une cascade ou laisser boire les chevaux dans le courant. Les jeunes filles respirent avec délices l'air vivifiant de la montagne et sont heureuses d'être protégées des ardeurs du soleil par un écran d'arbres.

— Ça ne vous dirait pas de manger ? demande finalement Bess. Je commence à avoir une faim de loup !

— On peut s'arrêter ici, propose Marion. Il y a une grande roche plate juste là. On pourra y déballer nos provisions.

La petite troupe met pied à terre et les jeunes filles dressent gaiement le couvert. Jack Glenn, lui, a l'air soucieux et emmène Alice à l'écart.

— Je ne voudrais pas inquiéter vos amies, lui dit-il, mais il y a un bel orage qui se prépare. On ne peut pas continuer. On a juste le temps de manger un morceau, mais après, il faut rentrer au ranch le plus vite possible.

La jeune fille ne discute pas... Elle fait en sorte que le pique-nique soit expédié sans retard, puis annonce à ses compagnes qu'il faut prendre le chemin du retour.

— Un orage ? Bah ! On peut bien affronter

quelques gouttes de pluie ! proteste Marion. Une averse n'a jamais noyé personne.

— Vous ne vous rendez pas compte de la violence des tempêtes en montagne, réplique le cow-boy d'un air grave.

Marion, Bess et Emma abdiquent aussitôt et se dépêchent de remonter à cheval. Au même instant, une grosse goutte vient s'écraser sur la main d'Alice. On presse les chevaux. Le ciel devient plus bas de minute en minute, assombrissant le chemin. Le vent se met à siffler parmi les feuilles, puis la pluie tombe pour de bon. Les promeneurs l'entendent crépiter sur la voûte de verdure au-dessus de leur tête. Bientôt, celle-ci ne suffit plus à les protéger. La pluie s'est transformée en déluge et tous sont trempés en quelques secondes.

— On ne peut pas s'arrêter un moment ? demande Emma. Je n'y vois plus assez pour me diriger.

— Il faut absolument continuer, répond le cow-boy. On doit regagner le Ruisseau de l'Ours et le franchir avant que les eaux ne montent trop.

Le groupe continue donc à avancer. Les jeunes filles espèrent vaguement que Jack exagère le danger. Cependant, voyant que la pluie ne cesse pas, elles commencent à s'inquiéter. Ruisselantes, elles progressent à l'aveuglette. La pluie leur fouette le visage et le vent leur coupe le souffle.

Les chevaux se suivent, glissant parfois sur la pente raide. À un moment, Emma perd l'équilibre mais, heureusement, Jack Glen la retient de justesse.

— Gardez bien vos pieds dans les étriers et collez à votre monture. Tout ira bien. Courage !

De plus en plus mal à l'aise, les quatre amies se demandent si elles atteindront jamais le Ruisseau de l'Ours.

— Allez ! On y est presque ! annonce soudain le cow-boy. Sur quoi, arrêtant son cheval, il écoute attentivement. Alice en fait autant. Effrayée, elle entend distinctement le bruit d'un torrent furieux.

— Suivez-moi vite ! hurle Jack en repartant. Pourvu qu'on puisse encore franchir le ruisseau !

Les quatre jeunes filles lancent leurs montures au galop et plongent hardiment dans la pente. En émergeant de la forêt, elles aperçoivent enfin le Ruisseau de l'Ours. Et là, elles n'en croient pas leurs yeux. Le ruisseau, qui n'était qu'un petit cours d'eau quelques heures plus tôt, s'est transformé en un torrent furieux ! Ses eaux montent un peu plus à chaque instant. Le spectacle a quelque chose de terrifiant.

— Quelle horreur ! Qu'est-ce qu'on va faire ? s'écrie Bess.

— On a encore le temps de passer, décide Jack. Vous vous sentez le courage d'essayer ?

— C'est notre seule chance de rentrer au ranch, ajoute Alice en voyant ses compagnes hésiter.

— Je suis prête ! déclare Marion d'un ton ferme.

— Je... je veux bien essayer, dit Emma.

Bess, l'air sombre, fait signe qu'elle aussi accepte.

— Alors on y va ! s'écrie Jack. Je passe en premier.

Fouettant son cheval, le cow-boy s'élance dans les eaux bouillonnantes, suivi des yeux par Alice et ses amies, qui retiennent leur souffle. L'eau monte jusqu'aux bottes de Jack. Bientôt, le cowboy atteint l'autre rive.

— À vous maintenant ! Dépêchez-vous ! ordonne-t-il.

Déjà Emma et Marion se sont élancées. Guidées par Jack, elles franchissent sans trop d'ennuis la passe dangereuse.

— Allez, Bess, c'est à nous ! dit alors Alice.

Mais Bess, pétrifiée, fixe le torrent sans bouger.

— Je n'y arriverai jamais ! avoue-t-elle. Je... je ne m'en sens pas la force !

Son amie lui parle alors d'un ton sec :

— Ne dis pas n'importe quoi ! s'exclame-t-elle, Tout le monde a traversé et on va en faire

autant. Allez, viens ! Il n'y a plus de temps à perdre.

Quand Marion et Emma ont franchi le torrent, Alice a remarqué que l'eau leur montait jusqu'aux genoux. Le ruisseau augmente de volume sans arrêt et, évidemment, le danger grandit à mesure que le temps passe.

— C'est parti ! crie-t-elle.

Bess, galvanisée, s'élance héroïquement. Alice la suit un instant des yeux puis plonge à son tour...

Mais, arrivée au milieu du courant, Bess prend peur. Elle a de l'eau jusqu'aux cuisses. Sa monture résiste pourtant bien et atteindrait facilement la rive opposée si la jeune cavalière, prise de panique, ne la gênait pas tant dans ses mouvements. En effet, au lieu de laisser faire l'animal, Bess, dans sa frayeur, se met à tirer sur les rênes. Le cheval s'arrête net. Les spectateurs, horrifiés, comprennent que le cheval et sa cavalière risquent d'être emportés par les eaux !

— Au secours ! hurle Bess. Aidez-moi !

chapitre 5

La cabane mystérieuse

De la rive opposée, Jack Glen et Marion se mettent à crier des conseils à Bess. Mais, bouleversée, celle-ci ne les entend pas.

Alice se décide alors à intervenir.

— Tiens bon, Bess ! J'arrive !

Mais voilà qui est plus facile à dire qu'à faire... L'eau ne cesse de monter et le cheval d'Alice commence lui aussi à s'effrayer. D'une poigne ferme, l'intrépide cavalière l'oblige néanmoins à se rapprocher de Bess. Quand elle est tout près de son amie, elle attrape son cheval par la bride. Bess vacille sur sa selle. Durant un bref instant, Marion craint que le torrent n'emporte les deux jeunes filles et leurs montures, qui luttent au milieu du courant. Dans un ultime effort, Bess retrouve enfin son équilibre et son cheval accepte de suivre celui d'Alice. Bientôt, les deux amies

atteignent la rive opposée. La pauvre Bess, à moitié morte de peur, descend de sa selle, soutenue par Jack Glen.

— Alice, tu m'as sauvé la vie..., murmure-t-elle en frissonnant.

— Mais non ! Tu t'en serais très bien sortie toi-même si tu avais gardé ton sang-froid !

— La crue augmente, fait remarquer Jack Glen. Partons vite d'ici !

— On ne pourrait pas s'arrêter dans une maison pas trop loin d'ici pour se mettre à l'abri en attendant que la pluie s'arrête ? s'enquiert Alice. On va tous tomber malades si on revient jusqu'au ranch sous ce déluge.

Le cow-boy hésite.

— Il y a bien une cabane à cinq cents mètres...

— Allons-y alors.

— C'est-à-dire que... je ne suis pas sûr qu'on nous y accueille très bien. La vieille femme qui habite là est assez bizarre. Elle s'appelle Martha Frank.

— Tout ce qu'on veut, c'est entrer pour se reposer quelques instants. Il n'y a pas de raison qu'elle refuse. Vous nous montrez le chemin s'il vous plaît ?

Les quatre amies se remettent en selle et suivent Jack Glen le long d'une piste. Rapide-

ment, la petite troupe arrive en vue d'une masure qui tourne le dos au bois.

— Ce n'est même pas une maison ! peste Jack.

— Du moment qu'on peut s'y mettre au chaud..., assure Emma.

Les cavaliers attachent leurs chevaux à un arbre et s'approchent de la cabane. Le cow-boy frappe à la porte. Personne ne répond...

— J'ai entendu du bruit à l'intérieur, affirme Alice.

Jack frappe de nouveau, si fort cette fois que la porte gémit sur ses gonds.

— Quelqu'un vient, chuchote Bess.

Effectivement, la porte s'ouvre avec lenteur et une vieille femme aux cheveux gris et aux yeux noirs et vifs apparaît dans l'embrasure. Elle observe les cinq cavaliers avec méfiance mais ne prononce pas un mot. Le cow-boy lui explique qu'ils ont été surpris par l'orage et qu'ils souhaitent se mettre à l'abri. Martha Frank l'écoute avec attention, puis elle s'écarte et ouvre la porte plus largement. Les jeunes filles entrent, soulagées de trouver ce refuge inespéré, malgré les visibles réticences de la vieille femme.

Les promeneurs s'entassent dans une pièce pratiquement vide. Seuls quelques chaises, une table, un vieux lit et une cuisinière meublent l'endroit. Rien d'autre. Les murs sont entièrement

nus. Apparemment, la cabane ne comprend que deux pièces. Alice jette un regard curieux vers la seconde, dont la porte est entrebâillée, mais Martha Frank surprend ce regard et, à la grande confusion d'Alice, se dirige vers la porte pour la fermer.

Un silence pénible règne dans la pièce. Comme il menace de s'éterniser, Jack Glen se décide à prendre la parole.

— Vous voulez bien nous faire du feu ? demande-t-il à leur peu aimable hôtesse. Pour nous sécher...

Sans un mot, la femme se lève et va jeter quelques bûches dans la cheminée.

Emma se penche vers Alice.

— On n'aurait pas dû venir ici, murmure-t-elle. Cette femme me met mal à l'aise. Je trouve qu'elle a des yeux cruels.

Alice ne répond pas car, à cet instant précis, elle aperçoit la porte de la chambre qui s'ouvre imperceptiblement. Peu à peu, la fente s'agrandit... Bientôt, une fillette d'environ neuf ans apparaît. Elle franchit le seuil et, silencieuse, reste immobile, observant la petite foule qui occupe la pièce principale.

L'enfant est vêtue de haillons mais sa beauté n'en demeure pas moins surprenante. Ses traits sont d'une grande pureté et ses longs cheveux blonds et bouclés tombent sur ses épaules comme

une parure royale. Cependant, la fillette est extrêmement maigre et il est facile de voir qu'elle n'est pas convenablement nourrie. Le cœur d'Alice se serre. De toute évidence, Martha Frank ne s'occupe pas bien de l'enfant. Comme celle-ci reste là, à regarder les étrangers, la vieille femme se retourne soudain et l'aperçoit.

— Lucy ! s'écrie-t-elle d'un ton furieux.

Elle n'en dit pas davantage, mais une expression d'effroi passe dans le regard de la petite. Elle semble se recroqueviller sur elle-même. Puis, sans un mot, elle s'élance à travers la pièce, ouvre la porte donnant sur l'extérieur, et disparaît en courant sous la pluie.

— Ne la laissez pas partir comme ça ! s'exclame Alice en bondissant à son tour vers la porte.

S'immobilisant sur le seuil, elle regarde de tous les côtés, mais la petite fille s'est évanouie dans la tempête. Alice revient vers Martha Frank. Celle-ci n'a pas l'air de se soucier le moins du monde de ce qui peut bien arriver à la petite Lucy.

— Pourquoi est-ce que vous ne la rappelez pas ? demande Alice sèchement.

La vieille femme se contente de hausser les épaules.

— Je crois qu'on ferait mieux de partir, déclare Alice à ses compagnons. La petite a eu

peur de nous. Elle reviendra sûrement quand on sera partis.

— Oui, allons-y, approuve vivement Emma. De toute façon, il ne pleut presque plus.

Après avoir remercié Martha, les cinq promeneurs se remettent en selle. Lucy n'a pas réapparu.

Sur le chemin qui les ramène au ranch, Alice ne cesse de penser au dernier épisode de la journée. Qui est donc cette petite Lucy ? Quel lien peut-elle avoir avec cette Martha ?

« Je poserai quelques questions à Jack quand on sera de retour au ranch, se promet-elle. Il m'en apprendra peut-être un peu plus... »

chapitre 6

Qui est Lucy ?

Ce soir-là, Alice n'a pas l'occasion de s'entretenir avec Jack Glen mais, dès le lendemain matin, elle le prend à part et l'interroge au sujet de Martha Frank et de Lucy.

— Je ne sais pas grand-chose sur Martha, avoue le cow-boy, à part que ça fait à peu près six ans qu'elle est arrivée dans la région et qu'elle s'est installée dans la cabane.

— C'est sa petite-fille qu'on a vue hier ?

— Non. D'après ce que je sais, la petite s'appelle Lucy Brown et n'a aucun lien de parenté avec Martha.

— Elle ne lui ressemble pas, en tout cas, murmure Alice. Lucy est ravissante.

— Oui ! Et gentille aussi, alors que personne n'aime Martha. Elle vit comme une sauvage et les gens n'apprécient pas la manière dont elle traite Lucy.

47

— Elle est dure avec elle ?

— Disons qu'elle ne s'en occupe pas assez. La petite reste toujours enfermée et Martha la laisse seule pendant des heures.

— Personne n'est jamais intervenu ?

— Ce n'est pas si simple. La vieille a vraiment un sale caractère. On ne peut pratiquement pas lui parler. C'est pour ça que les gens n'ont rien dit pendant quelque temps. Mais quand la petite a eu l'âge d'aller à l'école, le maire a fait savoir à Martha qu'elle aurait des ennuis si elle n'envoyait pas l'enfant en classe.

— Et elle a cédé ?

— Bien obligée. Maintenant, elle envoie Lucy à l'école, mais la pauvre petite ne porte que des haillons et n'a pas un sou pour acheter des livres ou des cahiers. Elle n'a jamais rien non plus à l'heure du goûter. La vieille ne mange pratiquement pas et elle ne nourrit pas l'enfant comme il faut, c'est évident. Plusieurs personnes sont allées voir Martha. Elle promet toujours de faire mieux mais rien ne change.

— Lucy travaille bien en classe ?

— Oui, son institutrice est contente d'elle. Elle est intelligente mais elle a du mal à s'intégrer aux autres enfants.

— Pauvre petite ! soupire Alice... Jack, vous pouvez me dire de quoi vit Martha ?

— Je ne sais pas trop... Elle cultive un petit

jardin et, comme je vous l'ai dit, elle se contente de peu.

— Tout de même, elles ne peuvent pas vivre seulement des produits du jardin. Martha a forcément un peu d'argent.

— Probablement...

— Vous ne savez pas où elle vivait avant de venir ici ?

— Je crois que personne ne le sait, mademoiselle. Cette Martha vous intéresse beaucoup, on dirait...

— Pas elle, proteste vivement la jeune fille. Seulement Lucy. J'aimerais pouvoir faire quelque chose pour cette enfant. Martha n'a pas le droit de l'élever comme ça, c'est sordide. Je me demande si elle est la tutrice légale de Lucy...

— Je n'en sais pas plus que vous.

Alice se rend compte que Jack ne peut la renseigner davantage. Elle le remercie donc et le laisse à ses occupations. Cependant, elle n'est pas satisfaite. Elle sent que le lien qui unit Lucy et la vieille mégère est suspect.

« Dommage que je n'aie pas pu parler avec Lucy, se dit la jeune détective, rêveuse. Je ne peux pas m'empêcher de m'intéresser à elle... »

Sa méditation est interrompue par Marion et Bess, qui sortent du ranch en courant. Toutes deux sont justement à sa recherche. Bess a un léger rhume, mais, à ce détail près, les quatre

jeunes filles sont sorties indemnes de la pénible aventure de la veille. Heureusement, ce fâcheux épisode n'a pas réussi à refroidir leur enthousiasme. Toutes quatre continuent à rêver de longues promenades à cheval, même Bess, qui a proclamé qu'elle n'avait aucune intention d'abandonner.

— Où est Emma ? demande Alice en accueillant ses amies.

— À l'intérieur, répond Marion. Je lui ai proposé de faire un tour avec nous mais elle a refusé.

— Pourquoi ? Elle ne se sent pas bien ? s'enquiert Alice avec une inquiétude sincère.

— Ce n'est pas ça, répond Bess. Je crois qu'elle a surtout envie de rester seule.

— À mon avis, dit Marion en baissant le ton pour ne pas être entendue de la maison, Emma a un coup de cafard. Ça lui arrive de temps en temps...

— Tu crois que c'est la disparition de son père qui la tracasse encore ?

— Je pense, oui, même si elle ne m'a rien dit. Emma est très secrète. Elle garde ses soucis pour elle et ça la rend deux fois plus malheureuse.

— Pauvre Emma ! soupire Alice. J'ai de la peine pour elle.

— Moi aussi, dit Bess. Malheureusement, on ne peut rien faire...

Brusquement, elle change de sujet :

— Tu as envie de faire un peu de cheval, ce matin, Alice ?

Alice hésite, tentée, puis secoue la tête.

— Non. Allez-y sans moi. Ce matin, je vais traîner dans le ranch. Bonne promenade !

À pas lents, Alice regagne la maison. Après un bref instant d'hésitation, elle monte au deuxième étage et frappe doucement à la porte d'Emma. Sur le moment, aucune réponse ne lui parvient. Elle s'apprête à faire demi-tour quand la voix étouffée d'Emma l'invite à entrer. Elle pousse donc la porte et, au premier coup d'œil, comprend que l'adolescente vient de pleurer.

— Excuse-moi, dit vivement Alice. Je ne voudrais pas te déranger. Je m'en vais.

— Non. Reste... Je... je crois que ça me ferait du bien de parler à quelqu'un.

Alice sourit et s'assied sur le lit. Gentiment, elle demande :

— Je t'écoute, Emma ! Dis-moi ce qui ne va pas.

— Rien ne va justement. Je suis malheureuse ! Si seulement...

— Si seulement quoi ? insiste Alice. Tu peux tout me dire, tu sais.

— Si... si seulement papa n'était pas parti ! Alice ! Tout le monde a dit qu'il nous avait aban-

données, maman et moi, mais ce n'est pas vrai, je le sais... je le sens !

— Tu as certainement raison, assure Alice, pour la réconforter. On m'a tout raconté. Je comprends ce que tu ressens.

— Je voudrais que tu saches..., soupire Emma. Je fais de mon mieux pour dépasser cette histoire mais je n'arrive pas à oublier.

— J'aimerais pouvoir t'aider...

— Personne ne peut rien faire. Un jour, mon père reparaîtra et alors tout redeviendra comme avant, j'en suis sûre.

Soulagée de s'être laissée aller à son chagrin, Emma se rafraîchit le visage et accepte d'accompagner Alice au rez-de-chaussée. Toutes deux rejoignent Mme Rolley dans la véranda. Emma prend un livre mais son amie, qui la surveille discrètement, s'aperçoit qu'elle ne tourne pratiquement jamais les pages. Il n'est pas difficile de deviner qu'elle n'arrive pas à s'arracher complètement à ses noires pensées.

« Que c'est triste ! songe Alice, désolée. Si elle se laisse submerger par sa peine, elle va gâcher ses vacances. Il faudrait que je lui trouve un centre d'intérêt pour lui changer les idées... »

chapitre 7

Alice cow-girl

Alice n'a pas à chercher longtemps un divertissement pour Emma. Dès le lendemain matin, Mme Rolley en fournit un à ses quatre jeunes invitées.

— Les filles, j'ai quelque chose à vous dire : j'ai l'intention de vendre le ranch, leur annonce-t-elle tranquillement au petit déjeuner. J'ai même déjà commencé à chercher un acheteur. Pour l'instant, je n'ai trouvé personne et il va falloir que je fasse quelques réparations si je veux obtenir un bon prix.

— Vous voulez transformer le ranch ? demande Alice.

— Le rénover plutôt. La grange est sur le point de s'écrouler et il n'y a pas une seule barrière convenable.

— Mais ces travaux vont durer des semaines !

On va rester ici plus longtemps que prévu alors ? s'écrie Marion toute contente.

— Hé oui... (Mme Rolley baisse la voix pour ne pas être entendue de Mme Manner, qui s'active dans la cuisine) Georges Manner a fait de son mieux mais il n'est pas très doué. J'ai décidé de vendre une partie de nos bêtes. Avec l'argent, je ferai réparer le ranch. Après ça, je ne devrais pas avoir de mal à trouver un acquéreur.

— Ce plan me semble excellent, approuve Alice.

— Le plus urgent, c'est de vendre les bêtes. Je veux les faire conduire au marché le plus vite possible. Mais, d'abord, il va falloir les rassembler. Vous allez bien vous amuser !

— Ça, c'est un vrai travail de cow-boy ! s'exclame Bess.

— Génial ! s'écrie Marion en sautant de joie. J'adore les rodéos !

Alice remarque avec plaisir qu'Emma suit la conversation avec un vif intérêt.

— Vous pensez qu'on pourra aider les cow-boys ? demande-t-elle.

— J'en parlerai à Manner. Il m'a dit que vous étiez toutes de bonnes cavalières à présent. Mais nous aurons besoin d'embaucher des aides supplémentaires.

— Manner ne pensait certainement pas à moi en parlant de « bonnes cavalières », soupire Bess.

S'il y a un rodéo, je me contenterai d'assister au spectacle.

— Et toi, Emma, interroge Alice, ça te dit de participer si Manner est d'accord ?

— Bien sûr ! s'écrie Emma avec enthousiasme.

— Si on allait demander tout de suite à Manner ce qu'il en pense ? lance Marion en se levant avec sa fougue habituelle.

Les jeunes filles se précipitent dehors, suivies de tante Nelly, plus calme. Elles trouvent le régisseur dans l'enclos. Mme Rolley lui explique son projet.

— On pourra procéder au rassemblement d'ici deux ou trois jours, déclare-t-il. Mais il faut d'abord que j'embauche quelques cavaliers en extra. Le Ranch des Peupliers me les fournira.

— Les filles aimeraient bien vous aider, si vous êtes d'accord, ajoute Mme Rolley.

— Pourquoi pas ? répond le régisseur d'un ton bourru. Elles ne pourront certainement pas traquer les bêtes et les marquer, mais elles se rendront sûrement utiles.

— Elles ne risqueront rien, au moins ? s'enquiert Mme Rolley, déjà inquiète.

— Rien... à condition qu'elles restent en selle ! Évidemment, si elles tombent au milieu du troupeau...

— Dans ce cas, je préfère rester dans mon coin, déclare vivement Bess.

— Pas moi ! s'écrie Marion. Vous pouvez m'inscrire au nombre des cavaliers.

— Parfait ! dit le régisseur avec un de ses rares sourires. Mais je vous avertis que ça ne sera pas facile.

— Ça ne fait rien. Je vous aiderai, moi aussi, décide Alice. Je ne manquerais pas ça pour tout l'or du monde !

— Je suis de la partie aussi, déclare Emma à son tour.

— Alors, c'est réglé, résume Mme Rolley. Nous aurons notre rodéo après-demain.

— Ce ne sera pas vraiment un rodéo, s'empresse de corriger Manner, pas fâché de reprendre sa patronne bien qu'il trouve que, pour une citadine venue de l'est des Etats-Unis, elle ne s'en sort pas si mal avec son ranch. Juste un rassemblement de bêtes qu'on ramènera à l'enclos.

— C'était une façon de parler.

— Ah, les rodéos d'autrefois ! soupire le régisseur. Si vous aviez vu ça, il y a encore quelques années ! Les cow-boys de tous les ranches voisins se réunissaient et il fallait au moins deux semaines pour rassembler les bêtes et les parquer.

Il continue à se lamenter pendant un bon moment ; toutefois, les jeunes filles ne sont pas

dupes. Elles voient bien qu'il essaie d'impressionner la nouvelle propriétaire du ranch. D'ailleurs, quand il a terminé sa tirade, Georges Manner s'éloigne d'un pas nettement plus léger... Amusées, elles l'entendent même siffloter gaiement.

Alice éclate de rire :

— Je suis sûre qu'il est aussi content que nous de faire ce rodéo, mais qu'il ne veut pas le montrer.

Emma, de son côté, semble aussi très heureuse de cette distraction inattendue. Pour un temps, elle pourra oublier ses soucis...

Le matin du « grand rassemblement », les quatre jeunes filles sont sur pied dès six heures. Elles mangent un morceau à la hâte et courent vers les enclos. Les cow-boys leur ont déjà sellé des chevaux.

— Allez, Bess ! Viens avec nous, dit Marion à sa cousine.

— Non, merci. Je vais paniquer si j'ai un problème au milieu du troupeau. Je me connais. Je préfère vous attendre et regarder de loin.

— Il faut y aller maintenant, annonce Manner avec impatience. Vous pouvez monter Bonzo, Alice. Il a été dressé exprès pour affronter les bovins. Il sait leur tenir tête.

La jeune fille regarde avec un peu d'appréhen-

sion sa nouvelle monture, qui semble beaucoup plus vive que le cheval qu'elle monte d'habitude. Cependant, ne voulant pas laisser voir ses craintes, elle ne dit rien et se met prestement en selle. Les hommes sont huit en tout : Manner, les cinq cow-boys du Ranch de l'Érable, et deux autres venus du Ranch des Peupliers. La petite troupe se met en route dans un nuage de poussière, suivie des yeux par Bess et Mme Rolley. Quand les cavaliers ont atteint une colline à environ deux kilomètres du ranch, Manner fait halte et donne ses ordres.

— Jack, prends Alice et Marion avec toi. Peter, va avec Emma, John et Fred. Moi, je prends Gary, Tom et Bill. On doit rabattre tous les bovins en haut de la colline.

Les trois groupes se séparent. Alice et Marion se dirigent vers l'est, à la suite de Jack Glen. Durant plusieurs heures, les cavaliers travaillent sans mettre pied à terre mais Alice et Marion ne se plaignent pas une seule fois. Jack leur a expliqué qu'il faut commencer par conduire tous les bovins au point central, sans se soucier de leurs marques. Le tri se fera là-bas : les bêtes du ranch voisin sont marquées d'une certaine façon, celles du Ranch de l'Érable d'une autre. Il n'y aura donc aucun problème pour faire la distinction.

— Je ne savais pas que le bétail errait en

liberté, avoue Alice. Les bêtes sont toutes mélangées.

— En principe, ça ne se passe pas comme ça. Mais on a un accord spécial avec le Ranch des Peupliers. Nos bêtes paissent avec les leurs.

— Hé, Alice ! crie Marion. Regarde ! Il y a une bête qui s'éloigne du troupeau...

Mais Alice l'a déjà vue. Elle lance son cheval à la poursuite de l'animal et se met à tourner autour. Petit à petit, elle l'amène à rejoindre le gros de la troupe. La tâche n'a rien de facile ; heureusement, Bonzo sait comment s'y prendre pour couper la route au fugitif et le diriger adroitement vers ses camarades.

— Bon travail, Alice, la félicite Jack Glen. Pour une débutante, vous vous êtes très bien débrouillée.

Vers midi, Alice et Marion doivent manger un morceau sans quitter leur selle : le travail n'attend pas ! Enfin, à quatorze heures, la dernière vache et son veau se trouvent rassemblés avec les autres. On dirige alors les bêtes vers la colline choisie par Manner comme point central.

— Je me demande si Emma s'est autant amusée que nous, dit Marion.

Quand elles ont rejoint l'adolescente, Alice l'interroge :

— Ça s'est bien passé ?

— Très bien, s'écrie Emma, rose de plaisir. Je n'ai qu'une envie, c'est de recommencer !

Pour la première fois depuis son arrivée au ranch, elle semble vraiment heureuse et détendue.

Maintenant que le troupeau du Ranch des Peupliers et celui du Ranch de l'Érable sont réunis, il reste encore à trier les bêtes. Alice est autorisée à aider les cow-boys tandis que Marion et Emma, moins bonnes cavalières, doivent se contenter de les regarder.

Sans crainte, Alice s'enfonce au cœur du troupeau avec les autres cavaliers. Sa monture connaît bien son affaire. Presque d'instinct, Bonzo va aux bêtes du Ranch des Peupliers et leur mordille les pattes, les obligeant à quitter le rassemblement et à s'en aller dans la nature. Alice repère les marques des bêtes des Peupliers et désigne celles-ci à Bonzo quand le cheval semble hésiter. Elle travaille vite et avec précision.

À un certain moment, cependant, les choses se gâtent. Une des bêtes refuse de quitter le troupeau et, cornes menaçantes, charge le cheval d'Alice ! Bonzo, effrayé, se cabre. Alice se penche en avant et réussit à rester en selle. Puis elle fait faire un écart à sa monture et évite le bovin de justesse. Deux cow-boys s'élancent à son secours et séparent la bête furieuse du reste

du troupeau. Alice se remet au travail sans rien montrer de sa frayeur. Elle sait que l'épisode est banal pour les gens de l'Ouest.

À la fin, lorsque le tri est terminé, les cow-boys laissent les bêtes des Peupliers paître tranquillement et commencent à pousser les autres en direction du Ranch de l'Érable. Comme le groupe arrive près de l'enclos, Alice et ses compagnons voient Mme Rolley et Bess s'approcher de la barrière pour les accueillir.

— Qu'est-ce qu'ils vont faire, maintenant ? demande Bess avec curiosité, en désignant les hommes qui viennent d'allumer un feu à quelque distance de la maison.

— Je pense qu'ils vont marquer les veaux avant de leur rendre la liberté, explique Alice.

— Quelle horreur ! Je ne veux pas voir ça.

Mais le spectacle est tellement fascinant que Bess regarde, comme les autres. Les cow-boys capturent un à un les veaux qui se débattent. Ils leur lient les pattes et opèrent le plus rapidement possible. Le travail ne prend cependant fin que bien après le coucher du soleil. Alice, Marion et Emma tombent de fatigue. Le dîner terminé, elles rejoignent leur lit et dorment d'un sommeil de plomb jusqu'au lendemain matin, lorsque tante Nelly frappe à leur porte.

— Debout les filles. Il y a du nouveau !

En effet, au petit déjeuner, elle leur annonce

que les hommes doivent conduire les bestiaux à Greenstown le jour même.

— Vous pouvez y aller avec eux si vous voulez. Mais je vous préviens que le trajet à cheval, dans la poussière, ne sera pas très agréable... Alors, voilà ce que je vous propose. On ira nous aussi à Greenstown, mais en voiture. On assistera à l'embarquement du bétail à la gare et ensuite je vous emmènerai au cinéma. Ça vous va ?

— Super ! s'écrie Bess, ravie. Ça fait des siècles que je n'ai pas vu de film !

Une fois le déjeuner expédié, les jeunes filles et Mme Rolley s'installent dans la voiture, avec Manner au volant. De leur côté, les cinq cowboys guident le troupeau jusqu'à la gare, puis veillent à l'embarquement du bétail.

— Je crois que c'est le meilleur moment pour vendre, dit Mme Rolley. J'espère en tirer un très bon prix. Et maintenant, avant d'aller au cinéma, il faut qu'on aille faire quelques courses pour Lina Manner. On va se répartir les courses pour aller plus vite, d'accord ?

Quand les jeunes filles arrivent dans la rue principale de Greenstown, Alice aperçoit une librairie et la désigne à ses camarades :

— Ça ne serait pas la boutique d'Eddy Rogers ? hasarde-t-elle. J'ai bien envie d'entrer pour lui dire bonjour.

— Pas le temps ! proteste Marion. On n'arrivera jamais à faire toutes les courses de tante Nelly ! Il est déjà cinq heures et les boutiques ferment tôt.

— C'est bon, j'abandonne ! soupire Alice.

Les quatre jeunes filles effectuent leurs emplettes et les portent dans la voiture. Mme Rolley les y attend déjà. La petite troupe se rend alors dans un restaurant recommandé par Lina Manner et font un excellent repas. Puis elles se mettent en route pour le cinéma. Cependant, elles ont à peine fait quelques pas que Bess se souvient qu'elle a une lettre à envoyer.

— La poste n'est pas loin, je crois, dit Marion à sa cousine. Vas-y vite. On t'attend ici.

— Je t'accompagne, Bess, décide Emma. Il faut que j'achète quelques timbres.

— Je vous suis, ajoute Mme Rolley.

Toutes trois s'éloignent, laissant les deux autres patienter en jetant un coup d'œil aux boutiques de la rue.

Soudain, Alice serre le bras de son amie. Marion tourne la tête et suit la direction de son regard... Alice a les yeux fixés sur une boutique d'antiquités à l'aspect délabré.

— Qu'est-ce que... ? commence Marion.

Sa compagne lui presse le bras un peu plus fort.

— Chut ! Regarde à l'intérieur, murmure-t-elle dans un souffle. Tu reconnais cette femme ?

Marion ouvre de grands yeux.

— Mais c'est Martha Frank !

— Oui... Et apparemment, elle est en train de se disputer avec un homme. Regarde... on dirait qu'elle va le frapper !

chapitre 8

L'étrange Tim Brad

Alice et Marion ne veulent pas se montrer indiscrètes, mais la querelle est bruyante et l'attitude de Martha si bizarre qu'elles ne peuvent s'empêcher de regarder, fascinées. L'interlocuteur de la vieille femme, un petit homme trapu, est apparemment le propriétaire du magasin.

— Non ! Je ne veux pas ! crie Martha. Et tu n'as pas intérêt à me menacer !

Elle dresse son poing en direction de l'homme, comme si elle s'apprêtait à le frapper. Mais, d'un geste vif, il la saisit par le poignet et lui tord le bras.

— Tu feras ce que je te dis, s'écrie-t-il avec colère. Et maintenant, va-t'en d'ici. Tu tiens vraiment à ce que les gens te voient ?

La vieille femme sursaute et jette un coup d'œil craintif à travers la vitrine. Toute son éner-

gie semble l'avoir soudain abandonnée. L'air inquiet, elle se dirige vers la porte. Aussitôt, les deux amies battent en retraite.

— Tu te rends compte ! s'écrie Marion quand elles se retrouvent à quelque distance de la boutique. Martha Frank à Greenstown ! Je me demande pourquoi elle était tellement énervée.

— Aucune idée, marmonne Alice.

— Dommage qu'elle n'en ait pas dit un peu plus !

— À ton avis, l'homme avec qui elle se disputait, qui est-ce ? Elle a l'air de bien le connaître..., murmure la jeune détective. Il ne me paraît pas bien sympathique, en tout cas.

— Il est franchement antipathique tu veux dire ! On croirait que Martha a peur de lui. Tu as vu ? Quand il lui a demandé de sortir, elle n'a même pas protesté.

— Oui, j'ai remarqué.

Elles se taisent brusquement car Mme Rolley, Emma et Bess arrivent. Celles-ci ont été retardées en cherchant la poste, qui se trouvait plus loin que prévu.

— Devinez qui on vient de croiser dans la rue d'à côté ? demande Bess avec animation. Martha Frank ! Elle marchait à une vitesse !

— Du coup, elle ne nous a même pas vues, ajoute Emma.

Alice et Marion échangent un regard entendu.

— Nous, on en a vu un peu plus, déclare Marion. Martha s'est disputée avec un antiquaire.

Elle commence à donner les détails, mais sa tante l'interrompt :

— On ferait mieux de se dépêcher si on ne veut pas manquer le début de la séance, les filles ! On n'est pas en avance !

Heureusement, le cinéma n'est pas loin... et Mme Rolley et les jeunes filles sont à peine installées que le film commence.

Comme celui-ci n'est pas spécialement palpitant, Alice cesse bientôt de suivre l'intrigue pour revenir au problème qui la préoccupe. Que faisait Martha Frank dans la boutique d'antiquités ? Et quels sont ses liens avec cet homme ?

Après la séance de cinéma, les cinq spectatrices rejoignent la voiture où Georges Manner les attend. Tandis qu'il met le moteur en route, Alice lui demande :

— Est-ce que vous savez à qui appartient la boutique d'antiquités qui se trouve dans la grand-rue ?

— Oui, à un certain Tim Brad.

— C'est bien un homme petit et ratatiné ?

— Oui. C'est ça. Il a des petits yeux vifs et un crâne chauve et luisant. Mais je me demande bien pourquoi il vous intéresse !

— On l'a vu en grande conversation avec

Martha Frank, explique Marion. Ils avaient l'air de se disputer.

— Ça fait longtemps qu'il tient cette boutique en ville ? se renseigne Alice.

— Six ans... à peu près. Je ne sais pas d'où il vient. Personne ne le sait d'ailleurs. Il est plutôt du genre « bouche cousue », vous voyez ?

— Son magasin marche bien ? demande Alice.

— Très bien, en fait. Après, je ne sais pas si tout ça est très honnête. Je le soupçonne d'avoir d'autres sources de revenus. Les gens se méfient de lui.

— Qu'est-ce qu'on lui reproche ?

— Oh ! des tas de choses, mais ça reste assez vague. On ne lui fait pas confiance, c'est tout.

Emma réprime un bâillement. Il est vrai qu'il se fait tard.

— Allez, il est temps de rentrer maintenant, déclare Mme Rolley d'une voix ensommeillée. Hier, vous avez beaucoup travaillé, les filles. Et vous, Manner, vous devez vous lever tôt demain matin.

— Bah ! Une fois n'est pas coutume.

— Non, non ! Dépêchons-nous de rentrer au ranch !

Durant le trajet du retour, plus personne ne parle de Tim Brad ni de Martha Frank. Cependant, Alice pense toujours au problème qui la tra-

casse. Le comportement de ces deux-là ne lui inspire rien de bon.

« Qui sait ! songe-t-elle. Je suis peut-être bel et bien tombée sur un mystère ! »

chapitre 9

Pique-nique... et émotions !

Le lendemain, les quatre jeunes filles se lèvent de bonne heure. Elles s'installent sous la véranda avec tante Nelly pour profiter de la tiédeur du matin.

— Et si on organisait un pique-nique dans la montagne ? propose Marion avec sa brusquerie coutumière.

Alice lève le nez de son livre.

— D'accord, répond-elle. Si on ne va pas trop loin, on n'a pas besoin de guide.

Mme Rolley intervient :

— Si vous partez seules, soyez très prudentes. Et j'insiste pour que vous preniez un revolver du ranch. Manner m'a dit qu'il y avait des ours dans la montagne. On ne sait jamais...

— Un ours n'aura pas la moindre chance face à quatre amazones comme nous ! affirme Marion en riant.

— Je me sentirai plus tranquille si vous avez une arme.

— Bon, dit Marion, donne-la à Alice, alors ! Elle a déjà participé à un concours de tir et c'est donc la seule d'entre nous qui soit capable d'atteindre une cible.

— Et encore, il faut que la cible soit très grosse ! ajoute Alice en riant elle aussi.

— On fera la promenade à cheval ? s'inquiète Bess en soupirant sans enthousiasme et en scrutant le ciel.

— Si tu as peur qu'il y ait un orage, rassure-toi, lui dit sa cousine. Il n'y a pas l'ombre d'un nuage aujourd'hui.

Une demi-heure plus tard, les quatre jeunes filles se mettent en route au trot de leur monture, munies du revolver que tante Nelly leur a donné et d'un sac rempli de provisions pour le déjeuner. Elles ont tôt fait de perdre le ranch de vue. Arrivées à la montagne, elles repèrent un sentier que leur a indiqué l'un des cow-boys et avancent tranquillement sur la pente raide. Pendant une heure environ, elles grimpent ainsi, puis font une courte halte, car Emma et Bess commencent à fatiguer. Une fois reposée, la petite troupe se remet en marche. Enfin, les quatre amies arrivent à un endroit idéal pour un pique-nique : juste en bordure d'un ruisseau clair comme du cristal. La pause déjeuner est votée à

l'unanimité ! Les jeunes filles attachent leurs chevaux à un arbre, puis étalent sur l'herbe un appétissant repas. Elles se sentent brusquement une faim de loup.

— Pas étonnant que je grossisse, murmure Bess au bout d'un moment. J'en suis au moins à mon troisième sandwich.

— Le cinquième, tu veux dire ! corrige Marion sans pitié.

Le déjeuner fini, elles s'allongent dans l'herbe.

— Il va bientôt falloir songer à rentrer, dit Alice au bout d'un moment.

— On peut quand même se reposer un peu, réplique Marion. Une petite sieste nous fera du bien !

Décidée à s'accorder un moment de repos, elle croise les mains derrière la nuque et ferme les yeux. Les autres l'imitent aussitôt. Même Alice, qui n'avait aucune intention de dormir, se laisse gagner par le sommeil.

Pourtant, quelques minutes plus tard, elle est brusquement réveillée et se redresse, inquiète. Regardant du côté de Marion, elle constate que son amie, elle aussi, a les yeux ouverts et semble écouter...

— Qu'est-ce que c'était ? murmure-t-elle très bas.

Avant que Marion ait eu le temps de lui répondre, on entend un bruit de branches frois-

sées et l'un des chevaux hennit de frayeur. Immédiatement, Alice bondit sur ses pieds. Entre-temps, Bess et Emma se sont éveillées à leur tour et regardent autour d'elles d'un air apeuré.

— Qu'est-ce que ça peut bien être ? chuchote Emma.

Avec précaution, les jeunes filles avancent de quelques pas. Alice marche en tête, revolver au poing et prête à tirer si nécessaire. Soudain, un autre bruissement leur parvient. D'instinct, les promeneuses se serrent les unes contre les autres. Le bruit vient des fourrés à côté des chevaux. Quelques secondes plus tard, Bess pousse un cri et désigne les buissons du doigt.

— Là... là... j'ai vu une espèce d'énorme chat...

Les chevaux, effrayés par la proximité de l'animal sauvage, commencent à se cabrer et à tirer sur leur bride.

— Doucement ! Doucement, dit Alice, en essayant de les calmer. Mais c'est peine perdue.

À ce moment, la bête sort à découvert. Elle ressemble en effet à un gigantesque chat. Les cavalières ont sans doute mal attaché leurs montures car celles-ci, se débattant frénétiquement, parviennent à se libérer et s'enfuient au galop en dévalant le sentier.

Emma, pâle d'émotion, reste sans voix. Bess se met à hurler :

— Regardez ! le gros chat ! Il est là !

Dans le « gros chat », Alice reconnaît un lynx. Il s'avance vers elle et ses compagnes. Sans doute aussi effrayé qu'elles, il s'apprête à bondir. Sans hésiter, Alice vise et fait feu. La balle atteint le félin à l'épaule. Poussant un feulement sourd, il paraît sur le point de s'élancer malgré sa blessure.

Cette fois, il ne faut pas le manquer ! Alice tire une seconde fois. La bête fait un bond puis disparaît parmi les buissons dans un grand craquement de branchages. Ensuite, c'est le silence...

— Je vais voir, propose Marion.

— Non ! N'y va pas ! supplie Bess. Il n'est peut-être pas mort.

— C'était un lynx, explique Alice.

— Je m'en moque pas mal ! s'écrie Bess. Je ne veux pas le voir. Marion, ne t'approche pas !

— Bon, bon, bougonne Marion. Mais j'aurais bien aimé le ramener à la maison.

— À la maison..., répète Alice avec ironie. Vous vous rendez compte qu'on est au moins à dix kilomètres du ranch ?

— Et qu'on n'a plus de chevaux ! ajoute Emma.

— Ils vont sûrement retourner droit au Ranch de l'Érable, dit Bess avec logique. Dans ce cas, tante Nelly comprendra qu'il nous est arrivé

quelque chose. Elle enverra sûrement les cow-boys nous chercher.

— C'est notre seul espoir, soupire Alice.

— Bon. Profitons-en pour paresser un peu dans l'herbe ! s'écrie Marion. Il n'y a rien d'autre à faire, pas vrai ?

— Et si les chevaux ne rentrent pas à leur écurie ? fait remarquer Alice. Dans ce cas...

— Dans ce cas, achève Marion sans se départir de sa bonne humeur, il faudra rentrer à pied !

— On rencontrera peut-être quelqu'un en chemin, avance Alice. De toute façon, je pense qu'il vaut mieux se mettre en route sans tarder.

— Eh bien, allons-y ! dit Marion. Laissez-moi juste une minute pour vérifier qu'Alice a vraiment tué ce gros matou.

Elle rit, mais sa cousine pousse un cri de frayeur :

— Marion ! Non !

Sans se soucier de Bess, Marion écarte les buissons et s'avance dans le fourré. Alice, quoique à peu près sûre d'avoir achevé l'animal, la suit après avoir vivement remis deux balles dans le revolver.

— Tu l'as eu ! s'écrie soudain la voix triomphante de Marion. Pauvre lynx ! Il est raide mort ! Venez voir, vous autres. N'ayez pas peur.

— Tu ne me feras pas bouger d'un centimètre ! répond Bess fermement.

— On a assez perdu de temps comme ça, Marion, dit Alice. Il faut y aller maintenant.

Sans entrain, les quatre jeunes filles se mettent en route. Bess ne respire librement que quand elle se sent à bonne distance du fourré où gît le lynx.

— Allez, courage ! s'écrie Marion au bout d'un moment. Dix kilomètres, ce n'est pas si terrible !

Durant cette marche forcée, Emma n'ouvre pas une seule fois la bouche. À plusieurs reprises, Alice l'examine à la dérobée. Elle sait que l'adolescente est moins robuste que les autres. Déjà, la pauvre donne des signes de fatigue et elle est très pâle. Aura-t-elle la force d'atteindre le ranch ?

Bien qu'elle fasse son possible pour remonter le moral de ses compagnes, Alice se rend bien compte qu'il y a peu d'espoir pour qu'on se mette à leur recherche avant plusieurs heures. D'ici là, il fera nuit dans la montagne. Et on ne peut pas aller vite, même en plein jour, sur ce sentier rocailleux...

chapitre 10

L'aventure se corse

— Je n'en peux plus ! On est encore loin du ranch ?

Depuis un bon moment déjà, les jeunes filles descendent la pente raide de la montagne. Avec la fatigue, le découragement les a peu à peu gagnées et Bess est la première à demander grâce. Elle se laisse tomber sur un rocher afin de souffler un instant.

— Il nous reste au moins cinq kilomètres à faire, répond Alice en s'asseyant à son tour. J'ai l'impression que personne n'est encore parti à notre recherche.

— Dans le fond, on l'a bien cherché, avoue Marion en dénouant ses lacets. On aurait dû mieux attacher nos chevaux.

— Qu'est-ce qui se passe, Marion ? Tu as mal au pied ? demande sa cousine.

Marion a retiré une de ses chaussures et examine une ampoule à son talon.

— Ce n'est pas bien grave, je peux continuer à marcher, dit-elle avec une feinte indifférence. C'est plutôt Emma qui m'inquiète. Je crois qu'elle ne va pas tenir très longtemps.

— Mais non, je peux encore marcher, affirme celle-ci.

Alice, qui surveille l'horizon d'un air soucieux, se lève.

— Les filles, je ne voudrais pas vous inquiéter mais je crois qu'il vaut mieux repartir tout de suite. Le soleil baisse vite et il fera bientôt noir.

— Oh ! là ! là ! s'exclame Bess en bondissant sur ses pieds et en jetant un regard inquiet sur les buissons alentour. Je n'ai aucune envie de passer la nuit dans la montagne, j'aurais bien trop peur !

— Raison de plus pour se dépêcher, conclut Alice.

Marion se rechausse à la hâte et se déclare prete a suivre les autres. En silence, les quatre amies recommencent à longer le sentier d'un pas plus rapide que tout à l'heure. Au bout d'un moment, Alice, qui marche en queue de file, s'aperçoit que Marion boite. Elle comprend tout de suite que la petite troupe sera bientôt forcée de ralentir l'allure. Toutefois, ce n'est pas Marion

mais Emma qui oblige les autres à stopper. Elle est si fatiguée qu'elle doit s'arrêter un moment pour se reposer. Lorsque les jeunes filles reprennent la piste, le soleil vient de disparaître à l'horizon. Dans quelques minutes, il fera nuit noire.

— Courage ! s'écrie Alice avec autant d'optimisme que possible. On ne doit plus être très loin de la cabane de Martha Frank.

Elle a à peine fini sa phrase qu'un cri de douleur échappe à Marion

— Aïe ! Je viens de me tordre la cheville !

Grimaçant de souffrance, elle se laisse tomber à terre et masse sa cheville endolorie. Les autres font cercle autour d'elle.

— Quelle idiote ! maugrée Marion en essayant de leur cacher à quel point elle a mal.

— Laisse-moi voir, dit Alice.

S'agenouillant auprès de son amie, elle palpe délicatement le membre foulé.

— Ta cheville est déjà enflée, Marion. Tu crois que tu peux marcher ?

— Bien sûr, enfin !

Marion se met debout mais, au premier pas qu'elle tente de faire, elle gémit de douleur.

— Tu ne va jamais pouvoir continuer, affirme Alice.

Marion s'entête.

— Je te dis que si !

Mais, après une dizaine de mètres, ses amies se rendent compte qu'elle souffre atrocement et qu'elle ne pourra pas continuer sans aide. Chacune lui offre donc son épaule à tour de rôle. Bien entendu, le petit groupe progresse beaucoup plus lentement. Finalement, Alice propose une halte. Sa voix tremble un peu quand elle parle :

— Je suis désolée de vous dire ça, mais je me demande si on est toujours sur le bon sentier. En fait, j'ai l'impression qu'on n'est jamais passées par ici !

— Je m'en suis aperçue aussi, dit Emma, mais j'espérais me tromper.

— On a dû prendre la mauvaise direction quand Marion s'est tordu la cheville, émet Alice. Il ne nous reste plus qu'à revenir sur nos pas.

Heureusement, les jeunes filles n'ont pas parcouru une grande distance. Elles se trouvent bientôt à l'endroit où la piste bifurque.

— Maintenant, tout va bien se passer, affirme Alice avec un entrain qu'elle est loin de ressentir.

Reprenant courage, les quatre amies se remettent en marche. Leur pénible aventure touche à sa fin. En effet, elles aperçoivent bientôt une lueur qui brille à travers les arbres.

— Ça doit être la cabane de Martha, dit Emma.

Environ dix minutes plus tard, Alice frappe à

la porte de la cabane, un peu inquiète. Elle n'est pas trop surprise quand Martha Frank ouvre la porte en dévisageant les jeunes filles avec une hostilité non déguisée. Alice s'empresse alors de lui expliquer ce qui leur est arrivé.

— Est-ce qu'on pourrait se reposer un peu chez vous ? finit-elle par demander.

Martha Frank fronce les sourcils. Un instant, les quatre amies croient bien qu'elle va leur fermer la porte au nez. Mais non ! Tout en grommelant à voix basse, elle s'écarte pour les laisser entrer. Sitôt à l'intérieur, les promeneuses exténuées tombent plutôt qu'elles ne s'asseyent sur les sièges les plus proches. Enfin, quand leur fatigue s'est un peu dissipée, Alice demande à Martha :

— Est-ce qu'on pourrait avoir un peu d'eau à boire s'il vous plaît ? Et ce serait vraiment gentil si vous pouviez aussi en faire chauffer pour baigner la cheville de mon amie.

Sans répondre, Martha Frank prend un seau et quitte la cabane.

— C'est ce qui s'appelle être aimable, murmure Marion avec ironie. Quel accueil !

— Dès que la cheville de Marion ira mieux, on partira vite, enchaîne Emma. Je me sens très mal à l'aise ici.

Alice lève brusquement la main, pour faire taire ses compagnes. Étonnées, celles-ci suivent

la direction de son regard et tournent la tête vers la porte de la seconde pièce. Elles voient alors deux yeux qui les épient par l'entrebâillement.

— Ça doit être la petite Lucy, chuchote Bess. Je me demande si elle a entendu ce qu'on disait.

— Ce n'est pas grave, répond Alice sur le même ton.

Et, se levant, elle se dirige vers la porte de la chambre.

— Bonjour, Lucy. Tu ne veux pas venir nous parler ? On ne te veut pas de mal, tu sais.

La porte s'ouvre un peu plus, mais Alice doit déployer des trésors de persuasion pour que l'enfant accepte de se montrer. La petite ne cesse de jeter des coups d'œil effrayés du côté de la porte par où doit revenir Martha. Alice, de son côté, espère que la mégère ne réapparaîtra pas trop vite car elle a beaucoup de questions à poser à Lucy.

— N'aie pas peur, Lucy !

— Je n'ai pas peur de vous... mais d'elle, avoue l'enfant. Elle me punit quand je parle à des étrangers.

Avant qu'Alice ait pu commencer à interroger Lucy, un bruit de pas se fait entendre au-dehors.

— C'est elle qui revient ! murmure Lucy avec terreur.

Et la petite fille se précipite silencieusement dans l'autre pièce et en referme tout doucement la porte.

chapitre 11

Visite-surprise

Lucy a à peine tourné les talons que Martha rentre, le seau plein d'eau à la main. Elle jette un vif coup d'œil autour d'elle, comme si elle soupçonnait ce qui vient de se passer. Cependant, elle paraît satisfaite de son inspection et va remplir une bouilloire, qu'elle met sur le feu. Quand l'eau est chaude, Alice baigne le pied de Marion, nettoie son ampoule, puis applique des compresses froides sur la cheville blessée. Enfin, elle entoure celle-ci d'un mouchoir propre, attaché assez serré.

Maintenant que ses amies se sont un peu reposées, Alice estime qu'il est temps de se remettre en route avant que Mme Rolley ne s'inquiète de leur absence. Pourtant, elle hésite à partir sans en avoir appris davantage au sujet de Lucy. Si Martha la rend malheureuse, la jeune détective

pense qu'il est de son devoir de prévenir les autorités : on retirera l'enfant à la vieille femme et on lui offrira une vie plus confortable. Elle tente donc de tirer les vers du nez à Martha.

— J'aimerais bien dire bonjour à votre petite-fille, commence-t-elle gentiment. Parce que c'est bien votre petite-fille, non ?

— Qu'est-ce que ça peut vous faire ? riposte rudement la vieille femme.

— Rien, bien sûr, dit Alice avec son plus aimable sourire. Simple curiosité...

— La curiosité est un vilain défaut, jeune fille !

Là-dessus, Martha tourne le dos à Alice.

— On peut y aller, murmure Marion. Je n'ai pratiquement plus mal.

Comme Alice est convaincue qu'elle ne tirera rien de plus de Martha et qu'elle devine les autres impatientes de quitter les lieux, elle acquiesce. Les quatre amies quittent donc la cabane avec empressement.

— Quelle furie ! s'exclame Bess quand elles se sont suffisamment éloignées.

— Je m'inquiète beaucoup pour Lucy, soupire Alice.

— Regardez ! s'écrie soudain Emma. Quelqu'un vient à notre rencontre.

— Ouf ! s'exclame Marion. C'est Manner et Jack. Ils ont récupéré nos chevaux.

Soulagées, les jeunes filles appellent les cow-boys. Quand Georges Manner et Jack les ont rejointes, elles racontent brièvement leurs mésaventures et leur sont reconnaissantes de ne pas sourire quand elles parlent de leur rencontre avec le lynx.

— Il faut retourner au ranch le plus vite possible, déclare le régisseur. Mme Rolley est folle d'inquiétude. Les chevaux sont rentrés seuls à l'écurie et, bien sûr, on a tout de suite compris qu'il vous était arrivé quelque chose.

Lorsque le petit groupe arrive enfin au Ranch de l'Érable, la pauvre Emma est si fatiguée qu'elle manque s'effondrer en descendant de sa selle.

— Vous allez toutes les quatre manger quelque chose de chaud, puis vous vous mettrez au lit sans traîner, décide Mme Rolley, inquiète de l'extrême fatigue des jeunes filles. Que diraient vos parents s'ils vous voyaient dans cet état ?

— Tante Nelly, déclare Marion, tu avais raison d'insister pour qu'on prenne le revolver. On ne risque pas de l'oublier, la prochaine fois.

— La prochaine fois ? répète Mme Rolley, stupéfaite.

Georges Manner éclate de rire.

— Je crois qu'elles ont bien compris la leçon, déclare-t-il. Elles sauront qu'il faut toujours bien

attacher les chevaux. Elles ne sont pas les premières à revenir à pied de la montagne, vous savez.

Cette déclaration met un peu de baume au cœur des jeunes cavalières. Elles dînent rapidement, puis montent se coucher.

Le lendemain, elles font la grasse matinée. Marion ne paraît qu'à l'heure du déjeuner. Elle boite encore.

— Avec cette cheville enflée, je ne vais pas pouvoir bouger pendant un jour ou deux, lâche-t-elle tristement.

— De toute façon, la rassure Alice, on ne va rien faire de la journée. On va juste lire et se reposer.

— Ce plan me convient tout à fait ! s'exclame Bess.

Après le déjeuner, les jeunes filles s'installent sous la véranda. Elles ouvrent livres et magazines et s'apprêtent à passer un après-midi des plus tranquilles. Pourtant, quelques minutes plus tard, leur attention est attirée par Jack, qui vient d'entrer dans l'enclos avec un cheval sauvage. Il a de toute évidence l'intention de le dresser. Aussitôt, Alice, Bess et Emma se précipitent, suivies à distance de Marion qui boitille. Elles sont déjà perchées sur la barrière, prêtes à assister au spectacle, quand, par hasard, Alice regarde du côté de la route et pousse une exclamation :

— Tiens ! On a de la visite !

En effet, une voiture s'engage dans le chemin qui mène au ranch. Comme les visiteurs sont rares, le dressage du cheval passe immédiatement au second plan.

— Hé ! Mais c'est M. Rogers ! s'exclame Alice comme la voiture se rapproche.

— Qu'est-ce qu'il vient faire ici ? marmonne Bess.

— Il passe nous voir, tiens ! Tu ne te rappelles pas ? À la gare, ta tante l'a invité à nous rendre visite.

Aussitôt, les quatre jeunes filles vont à la rencontre d'Eddy Rogers. Mme Rolley a elle aussi aperçu le visiteur et se lève pour l'accueillir.

— Ça, c'est une bonne surprise ! s'exclame-t-elle aimablement. Venez vous asseoir sous la véranda. Je vais chercher des rafraîchissements.

Eddy Rogers la remercie en souriant. Son attitude est toujours réservée, presque timide, et il ne parle pas beaucoup. Pourtant il semble heureux d'être là, à boire sa limonade dans une atmosphère sympathique. Alice, qui l'observe avec attention, lui trouve un air exténué, comme quelqu'un qui se relève difficilement d'une grave maladie.

— Je me demande, dit Mme Rolley au visiteur, si par hasard nous n'aurions pas un lien de

parenté... Vous savez que mon nom de jeune fille est Rogers ?

Le libraire la regarde et se met à rougir.

— Non... non, murmure-t-il avec nervosité. Tout le monde m'appelle Rogers, mais mon vrai nom est Roger, sans s !

— Roger ?

Le visiteur évite le regard de Mme Rolley.

— Oui... Roger, je suis sûr que c'est Roger...

Un silence gêné plane mais tante Nelly s'empresse de le rompre avec son tact habituel.

— Dans ce cas, il n'y a aucune chance qu'on soit de la même famille... Bess, tu veux bien demander à Mme Manner de nous apporter d'autres boissons ?

Mais avant que la jeune fille ait pu faire un geste, Eddy Rogers se lève en déclarant qu'il doit partir.

— Mais ça ne fait qu'une demi-heure que vous êtes là ! lui fait remarquer son hôtesse.

— Je... je ne peux pas abandonner mon magasin trop longtemps, explique-t-il gauchement. Il faut vraiment que j'y aille.

— Je n'insiste pas alors.

Eddy Rogers prend congé, presque à la hâte, et se dépêche de remonter en voiture. Les jeunes filles le suivent des yeux jusqu'à ce qu'il ait disparu.

— Cet homme est complètement idiot ! s'ex-

clame Marion sans mâcher ses mots. Il ne connaît même pas son propre nom !

— Il déraille, je crois, déclare Bess.

Mme Rolley n'ajoute aucun commentaire à ceux de ses nièces, mais on voit que le comportement d'Eddy Rogers lui semble bizarre à elle aussi.

— Vous exagérez ! dit Alice. Il n'est pas idiot ! Il y a forcément une raison à son attitude.

— Il avait surtout l'air embarrassé, dit à son tour Emma. Je le trouve très gentil.

— C'est vrai qu'il est parti un peu brusquement quand même, murmure Alice d'un ton songeur.

— Allez, déclare Mme Rolley, ne pensons plus à lui. De toute façon, ça m'étonnerait qu'il revienne nous voir.

— Je suis maintenant sûre de l'avoir déjà vu quelque part... avant de lui avoir parlé dans le train, dit Alice toujours plongée dans ses pensées. Mais où ?

Quelques minutes plus tard, Alice se frappe soudain le front.

— Ça y est, je sais ! Marion... tu ne te souviens pas de lui ?

— Non...

— Il a travaillé à la banque de River City ! Si je me rappelle bien, il a été caissier pendant six mois, puis il a disparu.

— Tu as raison ! s'écrie Marion. Le directeur de la banque est un ami de mon père et il disait toujours qu'Eddy Rogers était un employé modèle.

— Pourquoi est-ce qu'il est parti alors ? demande Mme Rolley. Il a eu des ennuis ?

— Oh, non ! Il a quitté son emploi sans donner de raison particulière. Et après, plus personne n'a entendu parler de lui.

— Cet homme m'intrigue de plus en plus, avoue Alice avec un intérêt grandissant. J'ai l'impression qu'il y a un mystère qui l'entoure. Il savait qu'on venait de River City, et pourtant, il ne nous a jamais dit qu'il y avait vécu. En fait, je me demande si...

Alice ne termine pas sa phrase, mais, à la regarder, on devine que mille pensées lui trottent dans la tête...

chapitre 12

Le bal

Mme Rolley a vu juste : au cours des jours qui suivent, Eddy Rogers ne reparaît pas au Ranch de l'Érable. Alice en est secrètement déçue car elle espérait lui parler en tête à tête.

« Avant de quitter le coin, se promet-elle, j'irai le voir à Greenstown et je lui demanderai de but en blanc s'il n'a jamais vécu à River City. Il avait sûrement une bonne raison pour quitter la ville comme ça. Il a peut-être des ennuis personnels... J'aimerais tant pouvoir l'aider ! »

Cependant, les jours passent et les quatre amies s'amusent tellement qu'elles n'ont pas l'occasion de retourner à Greenstown. Pas le moins du monde refroidies par leurs premières mésaventures, Alice, Bess, Marion et Emma font de longues promenades dans la montagne. Chaque jour, elles s'aventurent un peu plus loin.

— Un de ces jours, leur prédit tante Nelly, vous allez finir par vous perdre. Vous avez déjà oublié ce qui vous est arrivé la première fois ?

— On en a vu d'autres depuis, lui rappelle Emma en riant. Hier, Alice a même tué un serpent à sonnettes !

— Non ! Elle ne me l'a pas dit ! Oh, mes petites, soyez prudentes surtout !

Marion rit sous cape. Les jeunes filles n'ont jamais parlé à Mme Rolley de la fois où un ours est venu fouiller dans leur panier de pique-nique. Heureusement, il était plus intéressé par la nourriture que par les promeneuses. Une fois rassasié, il est reparti tout content. Jamais les quatre amies ne se sont passées de si bon cœur de leur casse-croûte !

— Pauvre Tatie ! s'écrie tout haut Marion. Tu te fais beaucoup trop de souci pour nous ! En tout cas, ce n'est pas la peine de t'inquiéter cette fois. Aujourd'hui, on ne va pas loin. C'est parti, les filles ?

— C'est parti ! reprennent les trois autres en chœur.

La petite troupe s'éloigne au trot et s'arrête à trois kilomètres du ranch, au bord d'un ruisseau très pittoresque. Le cours d'eau regorge de poissons et les jeunes filles voient de temps à autre des truites qui sautent en l'air tout près de petites cascades bouillonnantes. Des fleurs étranges et

rares poussent sur la berge et les oiseaux chantent à tue-tête dans les arbres alentour.

Les vacancières se régalent du paysage, profitent du calme des lieux, prennent des photos et lisent une bonne partie de l'après-midi. La journée passe en un éclair et, quand Alice annonce qu'il est temps de rentrer, ses trois compagnes sont tout étonnées.

— Déjà ? s'exclame Bess. Je n'ai pas vu le temps passer.

— Il est tard pourtant, répond Alice.

— Pour une fois, il ne nous est arrivé aucune mésaventure. Tante Nelly ne va pas en revenir !

— Ça, c'est sûr ! dit Marion. Rentrons vite le lui annoncer, ça lui fera plaisir.

Cependant, quand les promeneuses arrivent au Ranch de l'Érable, Mme Rolley est absente. Georges Manner leur apprend qu'elle est partie à Greenstown pour régler quelques détails concernant la vente du domaine. Elle a laissé un mot indiquant que les jeunes filles peuvent la rejoindre en ville pour assister à un bal.

— Super ! s'écrie Alice, enchantée. Depuis le temps que je voulais retourner à Greenstown.

Le dîner terminé, les quatre amies se changent et s'installent dans la vieille voiture. Sur la route, elles rencontrent une circulation inhabituelle.

— Il ne doit pas y avoir beaucoup de bals dans la région, dit Bess. Alors quand l'occasion

se présente, ça doit attirer pas mal de monde. Je crois qu'on ne manquera pas de cavaliers !

Alice gare la voiture devant un bâtiment brillamment éclairé. Les jeunes filles entrent dans la salle de bal avec une certaine appréhension mais se sentent très vite à l'aise après avoir reconnu quelques visages familiers dans l'assistance. L'un des cow-boys du Ranch des Peupliers vient à leur rencontre et demande à Alice la première danse.

— Je vous ai vue monter à cheval l'autre jour, lui dit-il. Vous êtes très douée, j'ai été impressionné.

Quand la musique s'arrête, le cow-boy présente plusieurs garçons de sa connaissance aux quatre amies. Bess est tout de suite invitée par un jeune étudiant en droit, David Glasmond. Tous deux sympathisent si bien qu'ils ne se quittent plus de la soirée. De leur côté, Marion et Emma ne manquent pas de cavaliers. Quant à Alice, elle a tellement d'invitations qu'elle est obligée d'en refuser. Les quatre amies passent ainsi une excellente soirée. Mais, pour une raison cachée, Alice semble moins en forme que d'habitude...

— Qu'est-ce que tu as ? finit par lui demander Marion.

— Rien. Pourquoi ?

— Parce que tu as l'air inquiet et que tu n'ar-

rêtes pas de regarder autour de toi. Tante Nelly ne va pas tarder à arriver, à mon avis.

— Je ne suis pas pressée de partir non plus.

Un jeune médecin, le docteur Cole, vient inviter Alice. Il est très sympathique et très intéressant. Cependant, la jeune fille doit faire un effort pour se concentrer sur ce qu'il lui dit en dansant.

En fait, Alice espère vaguement qu'Eddy Rogers fera une apparition au bal et elle est déçue de ne pas le voir. Malgré elle, ses yeux reviennent toujours en direction de la porte.

Au fur et à mesure que la soirée s'avance, elle croit de moins en moins à son arrivée et pourtant, enfin, elle le voit. Il est entré sans qu'elle s'en soit aperçue et il se tient à présent debout dans un coin, les yeux dans le vague. Alice est frappée par l'expression d'intense tristesse de son visage.

À la fin de la danse, elle s'approche du libraire et engage aussitôt la conversation.

— Vous savez, commence Alice, que vous me rappelez quelqu'un que j'ai connu à River City ?

Eddy Rogers la regarde en silence quelques secondes, puis baisse les yeux.

— Ah bon..., murmure-t-il.

Alice attend, espérant qu'il va ajouter quelque chose. Mais il ne dit plus rien et ses mains se mettent à trembler.

— Il faut que je m'en aille, lâche-t-il en évitant toujours le regard d'Alice.

Elle renonce à l'interroger davantage. Sa question, elle le voit bien, a mis le pauvre homme mal à l'aise. Mais pourquoi ?

chapitre 13

Une étrange découverte

« On dirait qu'il a peur que je découvre quelque chose sur lui », songe Alice en voyant disparaître Eddy Rogers.

Toutefois, elle n'a pas le temps de méditer cette hypothèse, car déjà le docteur Cole revient l'inviter. Sitôt la danse terminée, Emma s'approche d'Alice pour la prévenir que Mme Rolley vient d'arriver. Les quatre amies, escortées de leurs cavaliers, vont la rejoindre. Après quelques minutes de bavardage, Mme Rolley invite gentiment les jeunes gens à venir les voir au Ranch de l'Érable. Tous acceptent avec enthousiasme. On se dit enfin au revoir et les jeunes filles partent avec tante Nelly.

Sur le chemin du retour, Bess taquine Alice :

— J'ai comme l'impression que le docteur a craqué pour toi, ma vieille. On ne va pas tarder à le voir au Ranch de l'Érable celui-là !

— Tu peux parler, avec ton étudiant en droit ! réplique Alice. Qu'est-ce qu'il te chuchotait à l'oreille juste avant que tu partes ? Tu vois... tu n'oses pas le dire !

— Bien sûr que si ! s'écrie Bess en rougissant. Il proposait juste qu'on fasse une promenade à cheval au clair de lune un de ces soirs.

— Une promenade au clair de lune ! Eh bien, ça m'a l'air sérieux !

— Dis donc, Alice, la coupe Marion, ce n'était pas Eddy Rogers à qui tu parlais à un moment ?

— Si !

— Alors ? Il a été aussi bavard que d'habitude ?

— Encore moins, je crois.

Alice ne s'étend pas sur le sujet, devinant que, si elle répète la conversation à ses compagnes, celles-ci vont encore se faire une mauvaise opinion du libraire. D'instinct, la jeune détective sent que Rogers n'a rien à se reprocher. Mais peut-être ses amies ne seront-elles pas du même avis.

« De toute façon, se dit-elle avec un léger remords, il faut que j'arrête de l'ennuyer avec mes questions. Après tout, il a le droit d'avoir ses secrets. »

Au cours des jours suivants, Alice réussit à chasser Eddy Rogers de ses pensées car un autre problème la préoccupe. Depuis le jour où elle a pu échanger quelques mots avec Lucy Brown, elle n'a cessé de songer à la petite fille. Impatiente d'en apprendre davantage sur le sort de l'enfant, elle se décide à revenir à la cabane.

— Je vais faire un tour, dit-elle à ses compagnes un après-midi. Je n'en ai pas pour longtemps.

— Toi, tu as une idée derrière la tête, lui lance Marion. Je le vois dans tes yeux, allez, avoue !

— Je parie que tu as décidé d'élucider le mystère de Lucy, renchérit Bess. Je me trompe ?

— D'accord, vous avez gagné, répond Alice en souriant. J'ai l'intention de passer à la cabane pour voir si je peux parler à Lucy. Vous m'accompagnez ?

— On ne va quand même pas te laisser affronter Martha toute seule ! On vient avec toi ! s'exclame Marion.

Aussitôt, les quatre amies se mettent en route, sans trop savoir encore quel prétexte elles vont inventer pour s'inviter dans la masure.

— Tiens, fait remarquer Bess lorsqu'elles arrivent à la porte de la cabane, on dirait qu'il n'y a personne.

— Mais si, dit Alice. J'entends du bruit dans la seconde pièce.

Elle pénètre dans la cabane, les trois autres sur ses talons, et s'avance jusqu'à la pièce du fond. Comme elle l'imaginait, Lucy Brown est là. Alice s'approche d'elle et lui met une main sur l'épaule. Avec une exclamation de surprise, la petite fille saute sur ses pieds. Toutefois, la frayeur de son regard disparaît aussitôt quand elle reconnaît les quatre amies. Puis, sans un mot, elle se met à entasser dans une malle des vêtements éparpillés sur le plancher et rabat vivement le couvercle.

— Tu n'as aucune raison d'avoir peur, murmure Alice avec douceur.

— Elle vous a vues entrer ? demande Lucy.

Tout en parlant, elle jette un regard anxieux sur le coffre.

— Non, affirme Alice. Ne t'inquiète pas. Personne ne nous a vues. Tu peux me dire pourquoi tu as tellement peur de Martha ?

— C'est qu'elle est si sévère... Et puis, elle est toujours de mauvaise humeur quand elle revient de la ville.

— C'est là que ta grand-mère est allée aujourd'hui ? demande Alice avec intention.

La petite fille secoue la tête.

— Ce n'est pas ma grand-mère. Je crois qu'elle n'est même pas de ma famille, sinon, elle

me traiterait mieux que ça ! Si elle découvre que j'ai encore fouillé dans cette malle, elle va me punir, c'est sûr.

— Pourquoi ? Elle t'a interdit de l'ouvrir ?

— Oui, mais le cadenas est cassé et j'en profite quand elle n'est pas là. J'avais tellement envie de jouer avec la poupée !

— La poupée ? répète Alice, intéressée. Tu veux bien me la montrer ?

— Je ne sais pas... Si Martha revient...

— Je voudrais vraiment voir ce qu'il y a dans cette malle, insiste Alice, s'adressant plus à elle-même qu'à l'enfant.

Hardiment, la jeune détective s'approche de la malle et, tandis que Lucy la regarde avec de grands yeux effrayés, elle en soulève le couvercle et prend la poupée dans ses mains. Mais quelle poupée ! Le jouet est d'une très belle qualité et il impressionne les visiteuses. La malle contient aussi de petites boîtes et de très jolis vêtements pour une enfant de trois ou quatre ans.

— Si je m'attendais à ça ! s'exclame Alice. Lucy, tu as le droit de jouer avec cette poupée de temps en temps ?

— Non, jamais ! Martha dit que je risque de la casser... mais je pense que ce n'est pas la vraie raison, ajoute la petite fille.

— Moi non plus, je ne crois pas que ce soit la vraie raison, murmure Alice, songeuse...

Elle prend une petite robe dans la malle et examine de près le tissu délicat et les broderies qui l'ornent. Elle cherche vivement à l'intérieur de la robe et découvre l'étiquette portant la griffe de la maison.

— Godman et Godman, Philadelphie ! s'écrie-t-elle d'un ton triomphant.

— Regarde ce qu'il y a dans cette boîte ! lance Marion. Des bijoux d'enfant !

Elle montre une petite bague et un collier en or. Au même instant, Lucy pousse un cri d'effroi.

— Il y a quelqu'un qui arrive ! Si on m'attrape en train de...

Alice se précipite à la fenêtre. Lucy a bien entendu. Quelqu'un vient à grands pas sur le chemin. Et ce n'est pas Martha mais... Tim Brad, l'étrange antiquaire de Greenstown !

— Vite ! ordonne Alice. Il faut tout remettre en place dans la malle !

Les quatre amies remplissent celle-ci en un clin d'œil et la referment. Puis elles se précipitent dans l'autre pièce en prenant soin de bien tirer la porte de la chambre de Lucy derrière elles. Il est grand temps ! Elles sont à peine revenues dans la salle de devant que Tim Brad paraît sur le seuil. À la vue des visiteuses, il s'arrête net

et les dévisage d'un air soupçonneux. Puis un éclair de colère jaillit de ses yeux.

— Qu'est-ce que vous faites ici ? s'écrie-t-il d'une voix mauvaise. Sortez immédiatement !

chapitre 14

Un inquiétant personnage

Alice fait face à Tim Brad sans ciller. Elle n'a aucune intention de capituler devant le nouveau venu.

— Qu'est-ce que vous faites ici ? répète celui-ci en avançant de quelques pas.

— Et vous alors ? riposte la jeune fille. J'aimerais bien le savoir !

Le brocanteur est pris de court par cette question, à laquelle il ne s'attendait pas.

— Je suis venu voir Martha. Elle... elle a une facture à me régler.

— C'est pour ça que vous vous disputiez l'autre jour à Greenstown ? Je vous ai vus tous les deux, lance Alice pour le déstabiliser.

Interloqué, l'homme finit par répondre :

— Vous vous trompez. Ça fait des mois que je n'ai pas vu Martha.

— De toute façon, ça ne vous donne pas le droit de nous mettre dehors ! Nous sommes juste passées pour la remercier parce qu'elle nous a aidées il y a quelques semaines quand mon amie s'est tordu la cheville.

Alice a sauté sur le premier prétexte qui lui est passé par la tête et elle espère qu'il est plus crédible que celui que vient d'inventer Tim Brad. Bien sûr, elle ne croit pas une seule seconde à cette histoire de facture impayée. Consciente que sa propre excuse n'est pas tout à fait véridique, la jeune fille estime plus sage de ne pas accuser l'homme de mensonge. De son côté, Tim Brad comprend qu'Alice est bien décidée à lui tenir tête. Alors, ses manières changent brusquement et il se confond en excuses :

— Je suis désolée de vous avoir soupçonnées, dit-il. J'ai cru que vous vouliez voler quelque chose.

— Est-ce qu'on a l'air de cambrioleuses ? demande Alice froidement.

— Non, non ! s'empresse d'affirmer Tim Brad. C'est une erreur, une regrettable erreur...

Il pivote sur ses talons et passe la porte en concluant :

— Je reviendrai quand Martha sera là.

Lorsqu'il est parti, Alice et ses amies laissent leur colère s'exprimer.

— Quel culot quand même ! s'exclame Bess.

Il voulait nous chasser alors qu'il n'a pas plus le droit que nous d'être là !

— Qu'est-ce que j'ai eu peur, avoue Emma. J'ai bien cru qu'il allait nous frapper...

— Bah ! dit Marion. C'était du bluff. Alice l'a tout de suite deviné.

— Je n'en suis pas si sûre, déclare l'intéressée. Cet homme ne m'inspire pas du tout confiance. Je n'aurais peut-être pas dû lui dire que je l'avais vu se quereller avec Martha. Ça pourrait nous causer des ennuis.

— Mais pourquoi est-ce qu'il est venu ici ? interroge Bess. Tu y crois à cette histoire de facture impayée, toi ?

— Non, pas du tout... Mais apparemment, Martha semble avoir peur de lui. Je me demande si c'est la première fois qu'il vient ici...

Là-dessus, elle va ouvrir la porte de la chambre du fond et appelle Lucy :

— Tout va bien. L'homme est parti. Tu peux sortir... Dis-moi, il est déjà venu ici ?

— Oh ! oui, répond l'enfant. Plein de fois !

Avant qu'Alice ait eu le temps de l'interroger davantage, Emma annonce :

— Attention, Martha revient ! Partons vite avant qu'elle ne nous voie !

— Oui, allons-nous-en ! supplie Bess à son tour.

Alice finit par céder. Les quatre jeunes filles

sortent par la porte de derrière. Elles rejoignent leurs montures, attachées derrière un rideau de verdure, sans que Martha les voie. Comme elles arrivent au Ranch de l'Érable, elles aperçoivent Mme Rolley, assise sous le porche, qui se lève pour venir à leur rencontre.

— J'ai une bonne nouvelle, leur annonce-t-elle. J'ai trouvé un acquéreur pour le domaine. Tout sera réglé d'ici à une semaine. Nous pourrons partir juste après.

— Et c'est ça que tu appelles une bonne nouvelle ! s'écrie Bess, visiblement déçue.

— Qu'est-ce que tu veux dire ? demande tante Nelly, surprise. Et moi qui croyais que vous faisiez semblant de vous amuser pour me faire plaisir !

— Personnellement, affirme Emma, je n'ai jamais passé d'aussi bonnes vacances.

— Moi non plus ! Je suis vraiment triste de m'en aller ! soupire Alice. Juste au moment où...

Elle s'interrompt. Comme Mme Rolley pose sur elle un regard interrogateur, elle comprend qu'elle doit fournir une explication. Aussi, en quelques mots brefs, elle raconte ce qui est arrivé dans la cabane de Martha Frank.

— Je suis sûre qu'il se passe des choses suspectes là-bas, déclare Alice en conclusion.

Et je pense même avoir découvert un premier indice ! Si on était restées sur place quelques semaines de plus, j'aurais peut-être réussi à éclaircir le mystère qui me tracasse. Mais, évidemment, c'est impossible.

— Pas du tout ! proteste Mme Rolley. Je précipitais les choses parce que j'avais l'impression que vous vous ennuyiez ici, mais puisque je me suis trompée, il n'y a aucune raison de partir tout de suite.

— Merci ! s'écrie Marion au nom de toutes. Et quelle chance d'avoir un mystère à élucider, juste à notre porte ! Il faut dire qu'Alice a l'art de mettre le doigt sur des histoires de ce genre !

Enthousiasmées, les quatre filles se mettent à discuter avec entrain. Au bout d'un moment, Alice s'éclipse discrètement dans sa chambre. Elle éprouve le besoin d'être seule pour réfléchir en paix. Si elle veut réussir dans un minimum de temps, elle doit agir sans tarder. Elle commence alors à rassembler les éléments qu'elle possède au sujet de Lucy. Apparemment, la petite fille n'a aucun lien de parenté avec Martha. Quant à la très belle poupée et aux jolis vêtements conservés dans la malle, ils semblent indiquer que, peut-être, Lucy appartient à une famille aisée.

« Je suis sûre que ces vêtements sont ceux de

Lucy quand elle était bébé, songe la jeune détective. Mais pourquoi est-ce que Martha empêche l'enfant de regarder ces habits ou de jouer avec la poupée ? »

Et soudain, à force de chercher une théorie plausible, une pensée fulgurante traverse l'esprit d'Alice : Martha a dû enlever Lucy il y a quelques années !

Puis elle hausse les épaules et se sermonne tout bas :

« Ma pauvre fille ! Tu imagines toujours le pire... De toute façon, Papa dit toujours que la première idée qui vous vient à l'esprit est rarement la bonne. »

Elle pousse un gros soupir et ajoute en s'adressant une grimace dans la glace :

« Le problème, c'est que cette "première idée" est la seule que j'aie pour l'instant. Elle est certainement sans fondement mais je crois que je vais la creuser un peu, ne serait-ce que par acquit de conscience. Et pour ça, je vais partir de la marque des petits vêtements : "Godman et Godman, Philadelphie" ! Je vais demander à papa de faire des recherches là-dessus... Il pourra me dire si cette maison existe toujours et il pourra aussi demander à la police de Philadelphie de consulter ses dossiers et les journaux d'il y a quelques années... Ils retrouveront peut-être la trace d'un enlèvement d'enfant remontant à cette époque !

Je dois me rendre à Greenstown dès ce soir. Il n'y a pas de temps à perdre si je veux résoudre cette énigme ! »

chapitre 15

Perdues !

Alice invite donc ses amies à l'accompagner en ville, mais Bess, Marion et Emma se sentent trop fatiguées par leur dernière excursion pour accepter.

La jeune détective part donc seule. Elle arrive à la poste de Greenstown quelques minutes seulement avant la fermeture et se dépêche de rédiger une courte lettre à son père. Après un instant d'hésitation, elle l'adresse à River City.

« Ça fait une semaine que je n'ai pas de nouvelles de papa, se dit-elle. Il est sûrement au Canada. Dans ce cas, j'espère que Sarah fera suivre mon message. Il me faut la réponse le plus vite possible ! »

La jeune fille se rend compte que la solution du mystère dépend en grande partie de ce que l'on pourra découvrir à Philadelphie. Sans l'aide

de son père, elle se sent impuissante. Elle ne peut en effet accuser personne sur de simples soupçons. Il lui faut des preuves !

Pendant quarante-huit heures, Alice attend patiemment une réponse. Mais deux jours s'écoulent encore sans que M. Roy donne signe de vie. La jeune fille, de plus en plus nerveuse, fait un bond chaque fois que le téléphone sonne.

— Mais enfin, Alice ! s'exclame Bess. Pourquoi est-ce que tu cours comme ça au téléphone chaque fois que quelqu'un appelle ? On dirait une pile électrique.

— J'attends un coup de fil de papa, avoue Alice.

— Je suppose que c'est au sujet de Lucy ?

— Oui. Je voulais avoir plus de renseignements avant de vous mettre au courant.

— Au début, moi aussi j'ai pensé qu'il y avait un mystère à éclaircir, continue Bess. Et puis, à la réflexion, je me suis dit qu'on s'était monté la tête. Après tout, il n'y a rien de bien extraordinaire à trouver une vieille malle pleine de vêtements.

— Des gens qui habitent dans une cabane ne possèdent pas des vêtements soignés et des bijoux de valeur, réplique son amie.

— Oui, c'est vrai, reconnaît Bess.

— Au fond, tu as peut-être raison quand tu dis qu'il n'y a rien de suspect dans cette histoire,

continue la jeune détective. N'empêche que j'aimerais bien examiner de plus près cette malle. Je crois que je vais revenir à la cabane cet après-midi.

— Ah, non ! Pas aujourd'hui ! proteste Bess. N'oublie pas qu'on doit aller se promener au Canyon Sauvage. Il paraît qu'il y a des rochers magnifiques.

— Bon, d'accord ! consent Alice. Le temps de me mettre en tenue et je vous rejoins.

Quand Alice reparaît, ses amies viennent d'enfourcher leurs montures.

— Vous avez pensé au pique-nique ? demande Alice, toujours prévoyante.

— On a de quoi nourrir toute une armée ! répond Emma en riant. J'ai pris le revolver aussi.

Mme Rolley sort de la maison pour souhaiter une bonne promenade aux jeunes filles et leur demander quand elles comptent rentrer.

— Probablement pas avant le coucher du soleil, répond Marion. Le canyon est assez loin d'ici. Ne t'inquiète pas si on est un peu en retard, Tatie !

Les quatre amies se mettent en route. Marion galope en tête, car c'est elle qui a organisé la sortie et qui s'est renseignée auprès de Georges Manner sur l'itinéraire à suivre. En pénétrant dans des gorges à la beauté saisissante, Alice perd la notion du temps pour ne plus s'intéresser qu'à

la splendeur du spectacle. Cependant, après avoir grimpé pendant deux heures, elle commence à regretter de ne pas avoir interrogé elle-même le régisseur.

— J'ai l'impression qu'on s'est écartées de la piste principale. Tu es sûre de ta route, Marion ?

— Oui. Manner m'a dit de tourner à gauche d'un pin géant.

— On en a déjà rencontré plusieurs...

— Mais un seul vraiment immense, affirme Marion.

Alice n'insiste pas. Faisant confiance à son amie, elle recommence à admirer le paysage. Après avoir avancé quelque temps encore, la petite troupe fait halte pour déjeuner. Les quatre jeunes filles se reposent plus longtemps que prévu et, quand elles se remettent en selle, il est déjà presque trois heures.

— C'est encore loin ? s'enquiert Bess avec un froncement de sourcils.

— On devrait déjà être arrivées, avoue Marion.

Toutes ont perdu une bonne partie de leur entrain. Elles se sentent fatiguées.

— On ne sera jamais de retour au ranch avant la nuit, déclare Alice au bout d'un moment. Dès qu'on sera arrivées au Canyon Sauvage, il faudra faire demi-tour. Ce serait imprudent de s'attarder.

— On y sera dans quelques minutes, affirme Marion sans grande conviction.

Les cavalières grimpent encore environ un quart d'heure, puis Alice arrête sa monture.

— Marion, dit-elle avec calme. Je crois que tu t'es trompée. On a dû prendre la mauvaise piste au premier croisement.

— C'est bien ce que je pensais, soupire Marion, désolée de son erreur.

— Il ne nous reste plus qu'à retourner au ranch. De toute façon, il est trop tard pour pousser jusqu'au canyon.

— Avec un peu de chance, on sera à la maison pour le dîner, ajoute Emma, optimiste. Tante Nelly n'aura même pas le temps de s'inquiéter.

Alice jette un coup d'œil vers l'ouest et voit le soleil décliner rapidement.

— Hum ! fait-elle. On ferait bien de se dépêcher.

La perspective d'un bon repas chaud stimule les jeunes filles. Pendant quelque temps, elles chevauchent à bonne allure, sans parler. Puis elles arrivent à une bifurcation. Alice, qui dirige maintenant la petite troupe, s'arrête pour observer les alentours.

— À ton avis, Marion, demande-t-elle, par quel sentier est-ce qu'on est arrivées ?

Marion regarde les deux pistes d'un air perplexe.

— Je n'en sais rien, avoue-t-elle, consternée. Je crois que c'est le sentier de gauche.

— Ah, non ! la coupe Bess. Je suis sûre que c'est celui de droite.

Alice, indécise, soupire. Elle hésite sur le chemin à suivre car tous deux se ressemblent énormément. Elle s'en veut tellement de ne pas avoir regardé la route plus attentivement à l'aller ! Elle aurait dû prendre des repères... Mettant pied à terre, elle inspecte le sentier de droite dans l'espoir d'y trouver des empreintes de sabots de cheval.

— Zut ! murmure-t-elle en se relevant. Le sol est trop dur, on ne voit pas la moindre marque.

— Aucune empreinte sur le chemin de gauche non plus, annonce Marion de son côté.

— Je propose qu'on prenne à droite, s'obstine Bess.

Comme il faut bien prendre une décision, Alice se remet en selle et s'engage sur le chemin de droite, suivie de ses compagnes. Tout en descendant dans la gorge obscure, elle ne cesse de regarder ici et là, espérant apercevoir des empreintes. Mais ses efforts restent vains. Plus elle avance, plus elle est convaincue qu'elles se trouvent sur la mauvaise piste.

— On aurait dû atteindre le pin géant depuis pas mal de temps déjà, fait-elle remarquer au bout d'un moment.

D'un commun accord, les cavalières font halte. Autour d'elles, les ombres s'allongent. Dans moins d'une heure, la nuit sera tombée.

— Alice a raison, murmure Marion après avoir inspecté les alentours. On a encore dû se tromper. Qu'est-ce qu'on fait ? On revient sur nos pas ?

— Il fera nuit avant qu'on soit arrivées à la bifurcation, proteste Bess. On peut peut-être continuer ? Au moins, on est sûres d'avancer dans la bonne direction. On finira bien par se rapprocher du ranch !

— Ça paraît logique, dit Marion. Qu'est-ce que tu en penses, Alice ?

— Je préférerais revenir en arrière.

— Mais du moment qu'on marche dans la bonne direction...

— Et dans quelle direction on avance à ton avis ? rétorque Alice.

— Eh bien... Vers l'est !

— On se dirige droit au sud en ce moment !

— Pas possible !

— Si ! C'est pour ça que je pense qu'il vaut mieux faire carrément demi-tour.

Les autres se rallient à son opinion. La petite troupe fait donc volte-face et, en silence, reprend le chemin en sens inverse.

La nuit tombe bien avant que les quatre amies soient arrivées à l'intersection. Les étoiles

brillent, mais il n'y a pas de lune pour éclairer le sentier. Les cavalières avancent très près les unes des autres, comme pour se protéger mutuellement. Quand elles arrivent enfin à l'endroit où elles se sont trompées, elles prennent la piste de gauche. Elles n'ont pas parcouru cinq cents mètres qu'Alice annonce, la voix tremblante :

— Pas la peine d'aller plus loin.

— Pourquoi ? demande Emma.

— Je crois que ce sentier n'est pas le bon non plus. On a dû se tromper de piste autre part dans la montagne.

— Mais alors... ? profère Bess en bégayant.

— Alors, oui... Autant regarder la réalité en face, soupire Alice, désolée. Nous sommes bel et bien perdues !

chapitre 16

Nuit d'angoisse

Perdues ! Perdues dans la montagne hostile !
Alice et ses amies sont désespérées à cette idée...
Et pourtant, elles ont été prévenues plus d'une
fois du danger qu'elles couraient ! Il est si facile
de se perdre dans le labyrinthe des pistes qui
s'entrecroisent ! Mais les jeunes cavalières ont
acquis une telle confiance qu'elles en sont deve-
nues imprudentes. Maintenant, elles regrettent
amèrement de ne pas avoir prêté plus attention
au chemin à suivre.

Marion suggère :

— On pourrait laisser faire les chevaux. Ils
nous ramèneront peut-être au ranch d'instinct...

— On peut toujours essayer, approuve Alice.

Abandonnant les rênes, elle s'adresse directement à sa monture :

— À la maison, Marcus ! à l'écurie !

Le cheval tourne la tête comme pour lui demander ce qui lui prend de lâcher la bride, mais il ne bouge pas. Alice lui donne une tape sur la croupe. Il se met alors à avancer... en suivant le sentier que les jeunes filles ont décidé de ne pas prendre.

— Pas la peine d'insister, soupire Alice en arrêtant Marcus.

— Et pourtant, dit Marion, quand ces sales bêtes paniquent, elles retournent au ranch au galop, même si on n'est pas dessus. Si seulement un autre brave lynx pouvait leur faire peur !

— Marion ! s'exclame Bess presque en larmes. Comment est-ce que tu peux plaisanter sur ce sujet ? Tu sais bien qu'il y a des bêtes féroces dans la montagne !

— Excuse-moi, Bess, répond Marion toute penaude. J'essayais juste de détendre l'atmosphère...

Maintenant que l'obscurité est tombée, un vent froid commence à souffler. Il transperce rapidement les vêtements légers des cavalières

— Qu'est-ce que tu proposes, Alice ? demande Bess. On ne peut pas rester sur place, à attendre qu'on vienne nous chercher. Et puis... il fait tellement froid !

— Il faut continuer à avancer, décide Alice. Qui sait, on finira peut-être par tomber sur la bonne piste.

En fait, elle n'y croit pas vraiment mais tente de rassurer ses compagnes. Elle s'engage dans le premier sentier venu. La petite troupe chemine longtemps en silence. De temps en temps, Bess et Emma jettent des regards craintifs derrière elles. Elles croient entendre des bêtes dans les buissons.

— Je meurs de faim, annonce Marion au bout d'un moment. Il reste quelque chose de nos provisions de midi ?

— On a dévoré les sandwiches jusqu'à la dernière miette, répond Bess d'un ton triste. Quand je pense au dîner qui doit nous attendre au ranch !

Les chevaux, cependant, commencent à donner des signes de fatigue. Ils avancent de plus en plus lentement. Soudain, le cri d'une chouette éclate aux oreilles des cavalières. Emma sursaute. Puis, d'un peu plus loin, vient le glapissement d'un renard suivi du feulement d'un chat sauvage.

— Les cow-boys ont dû se mettre à notre recherche à l'heure qu'il est, non ? lance Marion.

— Je l'espère, répond Alice. Mais n'oublie pas qu'on a dit à ta tante qu'on rentrerait tard et qu'elle ne devait pas s'inquiéter.

— Je sais. Ça m'apprendra !

— Je pense qu'il n'y a pas grand-chose à craindre des animaux qui rôdent dans les

parages... Il suffit de faire un peu attention et de continuer à avancer...

— Je crois que je ne vais pas pouvoir tenir très longtemps, annonce Emma d'une voix tremblante. Je n'en peux plus. Et j'ai tellement froid !

— Tiens, prends mon pull, lui dit aussitôt Alice avec sollicitude. Je n'en ai pas besoin.

— Il n'en est pas question ! Tu grelottes toi-même.

Alice a beau insister, Emma refuse obstinément de prendre le vêtement. Et pourtant, il est évident qu'elle est à bout de forces. Elle est pâle et claque des dents.

« On ne peut pas continuer comme ça, se dit Alice. Il faut s'arrêter. »

Elle est convaincue qu'elle et ses amies vont être obligées de passer la nuit dans la montagne. Jetant un coup d'œil à sa montre, elle est surprise de l'heure tardive.

— Ça alors ! Il est presque minuit ! s'exclame-t-elle. Autant se rendre à l'évidence, les filles : on ne retrouvera pas notre route avant demain matin. Il vaut mieux camper sur place et attendre le lever du soleil.

Un silence suit la proposition d'Alice. Le plan est séduisant en un sens... et terrifiant dans l'autre ! Toutes sont épuisées mais aussi terrorisées à l'idée de passer la nuit dans les bois. Finalement, Marion se décide :

— Tu as raison, Alice. C'est la seule solution. Ça nous fera du bien de dormir un peu.

— Dormir ! s'écrie Bess en gémissant. Si tu crois qu'on va réussir à fermer l'œil avec toutes ces bêtes sauvages qui nous guettent dans l'obscurité !

— On veillera chacune à notre tour, l'interrompt Alice d'une voix ferme. Pour l'instant, ce qu'il faut trouver, c'est un endroit pour nous coucher, bien à l'abri du vent.

Tenant son cheval par la bride, elle se met à étudier le terrain. Bientôt, elle découvre une banquette rocheuse, tout près de la piste.

— Cette falaise nous protégera du vent, dit-elle à ses compagnes. Oh ! Qu'est-ce que... Regardez ! Je viens de trouver une grotte !

Les autres se précipitent, mais seule Marion partage l'enthousiasme d'Alice pour sa découverte. Emma et Bess refusent d'entrer dans la grotte.

— Et si c'était le repaire d'un ours ? s'inquiète Bess. Cherchons ailleurs.

— Comment est-ce que tu peux savoir si un ours habite ici ou non ? réplique Alice. Ce serait dommage de partir alors qu'on a trouvé un abri pareil. À l'intérieur, on sera bien au chaud et on pourra dormir jusqu'au matin. Et puis on se barricadera.

— Alice ! n'entre pas ! Je suis sûre qu'il y a un ours là-dedans, insiste Bess.

Un peu ébranlée, Alice hésite. Après tout, il n'est pas impossible que la grotte soit habitée par une bête sauvage... Elle tend l'oreille, attentive au moindre bruit, mais n'entend rien. Avec prudence, elle avance la tête à l'intérieur de la caverne. D'abord, elle ne voit rien, puis, petit à petit, ses yeux s'habituent à l'obscurité. Soulagée, elle constate que l'endroit est désert.

— C'est bon, il n'y a pas de danger, déclare-t-elle au bout d'un moment. Et maintenant, il faut trouver de quoi boucher l'entrée.

Après avoir attaché solidement les chevaux à des arbres, les quatre amies se dépêchent de ramasser de gros cailloux et des broussailles, qu'elles entassent à l'entrée de la caverne.

— Voilà, on ne devrait pas avoir de problème comme ça, déclare Alice en se préparant à passer la nuit dans leur abri de fortune. Mais, il vaut mieux être prudentes, alors je propose qu'on fasse le guet chacune à notre tour, ou plutôt, par équipe de deux, c'est plus sûr. Marion et moi, on va veiller pendant les deux premières heures ; puis Bess et Emma prendront la relève.

La proposition est adoptée à l'unanimité. Emma et Bess se couchent sur le sol et ne tardent pas à sombrer dans un profond sommeil. Durant une demi-heure, Alice et Marion montent scru-

puleusement la garde. Cependant, comme elles n'entendent rien d'autre que les cris des oiseaux de nuit et le lointain remue-ménage de petits animaux, elles commencent à s'engourdir. Marion se surprend même à fermer les yeux à deux ou trois reprises. Puis sa tête finit par retomber sur sa poitrine et elle s'endort pour de bon.

Alice, après un coup d'œil à son amie, se contente de sourire.

« Je ne vais pas la réveiller », décide-t-elle.

Pendant un certain temps, elle parvient assez facilement à rester lucide et à tendre l'oreille. Mais au fur et à mesure que la garde se prolonge, elle éprouve de plus en plus de mal à se concentrer. Sans même s'en rendre compte, elle commence à dodeliner de la tête.

Mais soudain, elle est arrachée à son demi-sommeil. Quelque chose a alerté ses sens. Qu'est-ce que ça peut être ?

La jeune fille essaie de percer l'obscurité mais ne peut rien voir. Est-ce qu'elle s'est trompée ? Était-ce juste un cauchemar ? Non ! Au-dehors, les chevaux s'agitent. L'un d'eux, brusquement, pousse un hennissement épouvanté. Alice saute sur ses pieds et va se coller au mur de la caverne. Alors, elle perçoit un autre bruit. Cette fois, ça ne peut pas être une erreur : une bête est tout proche de l'abri !

chapitre 17

Sauvées !

Alice s'immobilise... Elle entend distinctement un animal renifler à l'extérieur de la grotte. Quelques branchages de la barricade craquent. La jeune fille attrape son revolver et avance tout doucement. À son grand soulagement, elle comprend bientôt qu'elle n'aura pas besoin d'utiliser son arme. Avant même qu'elle ait atteint l'entrée de l'abri, le rôdeur nocturne, sans doute découragé par ces défenses de cailloux et de branches, a décampé, en quête de proies plus accessibles.

Une fois certaine que l'animal est bien parti, Alice reprend sa position initiale. Pendant encore une heure, elle fait le guet mais rien ne vient plus la déranger. Alors, craignant de ne pas pouvoir garder plus longtemps les yeux ouverts, elle décide de réveiller Emma et Bess. D'ailleurs, cela fait déjà un bon moment que c'est à leur tour de

monter la garde. Elle secoue donc les deux jeunes filles par l'épaule mais ne leur souffle pas mot de ce qui vient de se passer. Il est inutile de les effrayer.

Alice s'effondre alors au fond de l'abri et ne se réveille que le lendemain matin, alors que le soleil inonde déjà l'intérieur de la grotte.

— Debout ! lui crie Marion gaiement. Le petit déjeuner est prêt.

— Le petit déjeuner ?

— Eh oui ! Pendant qu'on dormait, Bess et Emma sont allées aux provisions. Elles ont ramassé des baies sauvages.

Les quatre amies se régalent de fruits juteux tout en buvant l'eau d'une source voisine. Assises en cercle à l'entrée de la grotte, elles font le point sur la situation. Maintenant qu'il fait grand jour, celle-ci ne leur paraît pas aussi terrible que la veille.

— Avec le soleil, déclare Alice, on saura toujours dans quelle direction avancer. J'ai l'impression qu'on a tourné en rond pendant des heures hier soir.

Après avoir examiné les pistes qui s'entre-croisent à proximité, les jeunes filles en choisissent une qu'elles n'ont pas encore essayée.

— On n'est pas venues par ce chemin, déclare Alice à ses compagnes, mais je crois qu'il mène au ranch.

La piste porte de nombreuses empreintes de sabots. Elle est donc très fréquentée. Cela ne fait qu'encourager davantage les quatre cavalières à poursuivre.

Soudain, elles aperçoivent... l'éclat coloré d'une robe bleue à travers les buissons, non loin de là. Sur le moment, elles ont du mal à en croire leurs yeux. Puis elles pressent leurs chevaux... et voient une fillette qui, un seau à la main, cueille des baies sauvages sur les buissons poussant au bord du torrent. À la vue des cavalières, l'enfant fait mine de battre en retraite. Alice lui crie :

— Hé ! Ne te sauve pas !

Deux yeux craintifs l'examinent de derrière l'écran des buissons. Puis un petit visage apparaît au-dessus des ronces. Un sourire timide étire les lèvres de la fillette... C'est Lucy Brown !

— Bonjour, Lucy, dit Alice avec douceur. Qu'est-ce que tu fais là ? Tu es perdue, toi aussi ?

— Perdue ? reprend Lucy, avec étonnement. Je connais toutes les pistes de la montagne.

— Dans ce cas, tu vas peut-être pouvoir nous indiquer le chemin le plus court pour rentrer au Ranch de l'Érable.

— Vous ne savez donc pas où vous êtes ?... Notre cabane n'est qu'à un kilomètre d'ici. De ce côté... Si vous voulez, je peux vous montrer le chemin... Comme ça, vous ne risquerez pas de vous tromper.

Alice fait monter Lucy devant elle, sur Marcus, et sourit devant la joie évidente de l'enfant. Celle-ci a beau avoir passé presque toute sa vie dans la montagne, c'est la première fois qu'elle monte à cheval.

— Est-ce que ta... ta gardienne ne va pas s'inquiéter pour toi ? demande Alice.

— Elle se moque bien de ce que je fais... du moment que je ne parle à personne ! Et moi qui aimerais tellement jouer avec des filles de mon âge !

Alice n'avait jamais réfléchi à cette question. Elle jette à Lucy un regard apitoyé.

— Tu aimerais venir vivre au Ranch de l'Érable avec nous ? demande-t-elle. On est plus âgées que toi bien sûr...

— Oh, oui ! Ce serait génial ! s'écrie Lucy dont le petit visage s'éclaire aussitôt. Mais c'est impossible. « Elle » ne me laissera jamais y aller.

— Je peux peut-être essayer de la convaincre...

— Je voudrais bien mais ça ne servira à rien. Elle dira non de toute façon.

— Je vais quand même lui parler.

— Quand ? Aujourd'hui ?

— Demain, peut-être. Aujourd'hui, je suis pressée de rentrer au ranch. Nous avons passé la nuit dans la montagne et nous n'avons pratiquement rien mangé depuis hier.

— Vous auriez pu le dire tout de suite ! Tenez, prenez ces fruits, je viens de les ramasser.

Alice puise avec reconnaissance dans le seau de Lucy. Puis elle le fait passer à ses compagnes qui se régalent à leur tour. Bientôt, la petite troupe arrive à une intersection.

— Je vous laisse ici, annonce Lucy. Vous n'avez qu'à suivre le chemin de droite et vous arriverez directement au ranch.

Les quatre amies remercient Lucy et poursuivent leur route, rassurées. Cependant, Alice reste soucieuse. Elle se rend compte à quel point Lucy manque de tendresse et d'attention.

« Oui, se dit-elle, il faudrait que Lucy vienne au ranch. Ce ne sera pas facile de persuader Martha, mais j'y arriverai peut-être en la menaçant d'appeler la police. J'irai la voir demain matin. »

Soudain, les quatre amies quittent le bois et aperçoivent le Ranch de l'Érable à quelques centaines de mètres. Alice cesse de penser à Lucy Brown tant elle a hâte de rentrer.

— Tiens ! fait-elle remarquer à ses compagnes tandis qu'elles approchent du ranch. On dirait qu'il n'y a personne. Qu'est-ce qu'il se passe ici ?

Soudain, alors que les jeunes filles arrivent devant le ranch, elles voient la porte s'ouvrir. Mme Rolley et Mme Manner s'élancent à leur rencontre.

— Enfin ! s'écrie tante Nelly. J'étais folle d'inquiétude. Mais vous êtes saines et sauves, c'est le principal. Manner et les cow-boys sont tous partis à votre recherche.

Penaudes, les promeneuses expliquent ce qui leur est arrivé.

— Vous devez mourir de faim, s'exclame Mme Rolley. Venez vite manger quelque chose et vous reposer. Je vais vous servir un repas qui vous consolera un peu de votre mésaventure. Et au dessert, vous aurez un gros gâteau aux baies sauvages.

— Tante Nelly, murmure Marion d'un air sérieux, je crois que tu peux laisser tomber le gâteau. Je ne veux plus voir une baie sauvage avant des mois !

Mme Rolley éclate de rire, imitée par Mme Manner.

Alice, cependant, pose la question qui lui brûle les lèvres depuis qu'elle est arrivée au ranch :

— S'il vous plaît, demande-t-elle à Mme Rolley. Est-ce que vous avez reçu un message pour moi ?

— Non. Rien.

Alice cache à grand-peine sa déception. Que signifie ce silence ? Son père n'a-t-il donc pas reçu sa lettre ? La jeune détective donnerait cher pour recevoir des nouvelles de M. Roy avant son entrevue avec Martha.

chapitre 18

Coup de théâtre

Le lendemain matin, de bonne heure, Alice explique à Mme Rolley ce qu'elle aimerait faire pour Lucy.

— Si je réussis à éloigner Lucy de sa gardienne, lui dit-elle, je pourrai peut-être en apprendre un peu plus sur ce qui lui est arrivé.

— Bien sûr, répond tante Nelly, tu peux ramener Lucy au ranch si Martha est d'accord. Un peu de tendresse et de confort lui fera sûrement beaucoup de bien.

Juste après le petit déjeuner, Alice part seule pour la cabane. Elle n'a pas peur de Martha Frank, néanmoins, elle sait qu'elle aura du mal à la convaincre. En arrivant à la cabane, elle est bien décidée à la menacer s'il le faut. Mais sur quel argument s'appuyer ? Ah ! si seulement son père lui avait répondu !

Alice attache son cheval à un arbre et avance vers la cabane... Soudain, elle s'immobilise, stupéfaite. Par la porte d'entrée, grande ouverte, elle voit parfaitement la pièce. La confusion la plus totale y règne. Deux valises sont déjà à moitié pleines d'ustensiles de cuisine, de linge et de provisions... Des cartons, eux aussi, semblent indiquer qu'un départ se prépare.

Comme Alice, ébahie, reste debout sur le seuil sans rien dire, Martha Frank, à demi courbée sur l'une des malles, se relève soudain et dévisage la nouvelle venue d'un regard glacial.

— Vous... vous partez ? bégaie Alice.

— Qu'est-ce que ça peut vous faire ?

— Ça m'ennuie beaucoup en fait, réplique Alice qui a repris son sang-froid. J'étais venue vous demander de laisser Lucy venir avec moi au ranch pour quelques jours.

— Pas question ! la coupe Martha. Lucy part avec moi.

— Mais...

— Lucy part avec moi. Un point, c'est tout.

Les traits d'Alice se durcissent. Elle a du mal à contenir sa colère et fait un gros effort pour garder son calme.

— Si c'est de l'argent que vous voulez..., avance-t-elle.

Une lueur passe dans les yeux de Martha qui, cependant, secoue la tête avec fermeté.

— Vous pouvez me dire pourquoi vous vous intéressez autant à Lucy ?

Aux yeux d'Alice, la question trahit aussi bien la crainte que la suspicion. La jeune détective choisit donc soigneusement ses mots.

— Je trouve Lucy très gentille, déclare-t-elle simplement. Hier, quand on était perdues dans la montagne, elle nous a aidées à retrouver notre chemin. J'ai envie de la remercier à ma manière.

— Impossible, je vous le répète. Dans deux jours, on sera parties.

Alice sent la moutarde lui monter au nez.

— Quels droits avez-vous sur elle ? demande-t-elle d'un ton sec.

— Ça ne vous regarde pas !

— N'en soyez pas si sûre ! Je suis persuadée que vous n'avez aucun lien de parenté avec Lucy et, si vous ne me montrez pas les papiers qui prouvent que vous êtes sa tutrice légale, je ne vous laisserai pas l'emmener !

Alice parle d'un ton décidé mais, dans son for intérieur, elle n'est pas du tout sûre de pouvoir mettre sa menace à exécution. Pendant quelques secondes, Martha paraît déstabilisée mais elle se ressaisit presque sur-le-champ. Un sourire de défi étire ses lèvres minces.

— Vous ne pouvez rien contre moi, lance-t-elle. J'ai des amis qui me protégeront si vous essayez de m'ennuyer.

— Vous voulez probablement parler de l'antiquaire ?

Martha ne répond rien et, tournant le dos à la jeune fille, se remet à remplir sa valise. Alice comprend que sa démarche a échoué. Elle fait donc demi-tour et reprend lentement le chemin du ranch.

« Je me demande pourquoi Martha quitte la région si brusquement, se dit-elle. C'est peut-être moi qui la fais fuir... Elle doit avoir peur qu'en posant des questions à Lucy, je ne finisse par découvrir la vérité. Mais de quoi s'agit-il au juste ? »

Alice sent que la réponse est à portée de main.

« Et si c'était Tim Brad qui avait poussé Martha à s'en aller ? se dit-elle. Cet homme a de toute évidence beaucoup d'autorité sur elle et il se méfie de moi. Notre rencontre dans la cabane a dû précipiter sa décision. Mais quel lien peut-il y avoir entre Martha Frank et Tim Brad ? Tout ça me semble bien obscur ! »

En arrivant à hauteur de l'enclos du Ranch de l'Érable, Alice rencontre Georges Manner.

— Vous saviez que Martha Frank s'apprêtait à quitter le pays ? lui confie-t-elle spontanément. Je l'ai trouvée en train de faire ses bagages.

— C'est une plaisanterie ! Où est-ce qu'elle pourrait bien aller ? s'écrie le régisseur, stupéfait.

— Je lui ai proposé d'emmener Lucy au ranch

quelques jours mais elle a refusé. J'aimerais tellement pouvoir éloigner la petite de cette mégère. Manner, il faut m'aider !

— Je ne sais pas quoi vous dire, répond-il en se grattant la tête d'un air perplexe.

— Les gens d'ici pourraient peut-être intervenir ?

— Ils seront trop heureux de voir Martha partir ! Et puis... on ne sait pas si elle n'est pas vraiment la tutrice ou une parente de Lucy...

— Alors je ne peux compter sur personne d'autre que moi pour aider la petite...

— J'en ai peur, avoue le régisseur, penaud. Je serais prêt à vous aider... mais je ne vois pas bien comment.

— Moi non plus ! soupire Alice d'un air malheureux.

Pourtant, presque aussitôt, son optimisme refait surface et elle proclame :

— Je ne m'avoue pas vaincue pour autant. Je vais trouver un moyen de la sauver. Je ne sais pas encore comment je vais m'y prendre mais j'y arriverai !

Et, l'air décidé, elle s'éloigne sous le regard admiratif du régisseur.

chapitre 19

Promenade mouvementée

Alice vient tout juste de quitter Manner quand elle aperçoit Bess qui court à sa rencontre.

— Alice ! Devine qui a téléphoné pendant que tu n'étais pas là ?

— Papa ? jette vivement Alice.

— Non, un de tes admirateurs.

— Pardon ?

— Oui. Le docteur Jim Cole. Il propose qu'on aille faire une promenade à cheval ce soir. Il y aura David Glasmond, et aussi les deux garçons avec qui Emma et Marion ont dansé l'autre jour.

— C'est une impression ou tout est déjà organisé ?

— En fait... c'est déjà décidé, oui. Tu comprends, les garçons ont proposé ce soir parce que c'est la pleine lune et on y verra clair. On a accepté en ton nom. J'espère que tu es d'accord ? ajoute-t-elle, un peu anxieuse.

Alice marque un instant d'hésitation. Elle préférerait de beaucoup être libre de ses mouvements, en particulier ce soir. Cependant, elle se rassure en se souvenant que Martha n'a pas l'intention de partir le jour même.

— Pas de problème, répond-elle à Bess en souriant.

Toutefois, la jeune détective reste soucieuse tout l'après-midi. Quant à ses compagnes, elles sont tellement enthousiastes à la perspective de leur sortie nocturne qu'elles ne pensent pas une seconde à Lucy.

— Je ne vois pas comment je pourrais t'aider, Alice, déclare Mme Rolley de son côté. Et tu ne vas tout de même pas emmener Lucy de force !

— Non, bien sûr ! soupire Alice.

— Martha Frank s'en va quand au juste ?

— Je ne sais pas exactement. Elle a dit qu'elle serait partie après-demain.

— Il faut que tu retournes la voir demain alors. Je viendrai avec toi. À nous deux, on arrivera peut-être à quelque chose.

— Oh ! Merci ! s'écrie Alice avec élan. Je savais bien que je pouvais compter sur vous !

Rassurée, la jeune fille va se préparer pour la promenade du soir, le cœur léger. Le docteur Cole et ses amis arrivent vers huit heures et trouvent les quatre amies déjà prêtes. La petite

troupe se met aussitôt en route. Alice et Jim Cole chevauchent en tête.

— Je propose qu'on suive cette piste jusqu'à la maison de Martha Frank, dit le jeune médecin. Après, on pourra couper à travers la montagne et revenir par la route de Tombstone. Le paysage est magnifique de ce côté-là. Ça vous va ?

— Parfait !

Alice n'est pas fâchée de passer devant la masure. Elle pourra ainsi vérifier que la vieille femme n'est pas encore partie.

Lorsque le groupe arrive à la hauteur de la cabane, la jeune détective constate avec soulagement qu'un mince filet de fumée s'échappe de la cheminée. Martha est donc toujours là. Alice s'apprête à reprendre la route quand, tout à coup, elle aperçoit un homme debout sur le seuil. Surprise, elle arrête sa monture, sans même s'en rendre compte.

— Qu'est-ce qu'il se passe ? s'inquiète le docteur Cole.

Alice ne répond pas. Ses yeux restent fixés sur l'homme. Celui-ci, de son côté, l'aperçoit. Il sursaute et rentre immédiatement à l'intérieur. C'est Tim Brad ! Le visage de la jeune fille se durcit.

— Qu'est-ce que ?... recommence Jim Cole.

Un cri perçant l'interrompt. Puis, les promeneurs voient s'agiter les buissons qui poussent

derrière la masure. D'un même élan, Jim Cole et Alice se précipitent de ce côté. Ils aperçoivent alors Lucy, qui s'est apparemment sauvée par la porte de derrière, et qui court aussi vite qu'elle le peut. Martha, hurlant des injures, la talonne de près. Alice, indignée, s'écrie, tout en lançant son cheval au galop :

— Arrêtez ! Ne faites pas de mal à Lucy !

Martha est trop loin déjà pour comprendre ses paroles, mais elle entend le bruit des sabots du cheval et se retourne. À la vue d'Alice et de son compagnon, elle est tellement surprise qu'elle s'arrête net.

Lucy, de son côté, ne s'est pas aperçue que Martha n'est plus à ses trousses. Elle continue à courir à perdre haleine, droit devant elle. Son état de panique est tel que la pauvre petite ne songe pas un instant qu'elle se dirige tout droit vers un ravin !

Alice, épouvantée, tente de l'avertir :

— Lucy ! Attention ! Le ravin !

Lucy jette bien un coup d'œil par-dessus son épaule, mais elle ne ralentit pas l'allure pour autant. Avant qu'Alice ait le temps de répéter son avertissement, l'enfant trébuche sur une pierre, juste au bord du ravin. Dans un effort désespéré pour se retenir, elle s'agrippe à des genêts. Malheureusement, sous son poids, pourtant léger, le buisson cède soudain. Lucy pousse un cri de

terreur, essaie encore vainement de se raccrocher à des branches... Le sol se dérobe sous ses pieds. Une seconde plus tard, elle glisse dans le ravin, sous le regard horrifié d'Alice et de Jim !

chapitre 20

L'accident

En voyant Lucy disparaître dans le gouffre, Alice réagit immédiatement : elle saute à terre et se précipite à l'endroit de l'accident. Jim Cole est presque aussi rapide : elle l'entend courir derrière elle. Tous deux arrivent au bord du ravin et, essoufflés, se dépêchent d'écarter les buissons pour entreprendre une périlleuse descente. Ils atteignent bientôt le fond. Alors, à la pâle clarté de la lune, ils aperçoivent Lucy, étendue, immobile, à quelques pas d'eux.

— Oh non ! laisse échapper Alice d'une voix tremblante. Pourvu qu'elle ne soit pas...

Elle ne peut pas achever sa phrase. Non ! Lucy ne peut pas être morte. C'est impossible !

Les deux jeunes gens s'approchent de l'enfant. Le docteur Cole se penche sur elle, l'examine un instant en silence, puis la prend dans ses bras et se relève.

— Elle... elle est vivante ? s'étrangle Alice.

— Elle est évanouie mais elle respire, répond le jeune docteur. Pour l'instant, je n'ai aucun moyen de savoir si elle est gravement blessée ou non. Je veux l'examiner de plus près. Il faut la remonter tout de suite.

Alice et Jim choisissent une pente moins raide pour effectuer leur délicat sauvetage. Alice passe devant, pour écarter les ronces. Son compagnon avance avec précaution, veillant à ne pas secouer Lucy.

Enfin tous deux débouchent sur le plateau. Martha Frank se rue sur Jim pour lui arracher la petite, mais David Glasmond et ses camarades font cercle pour l'en empêcher. La vieille femme se débat comme une diablesse.

— Qui vous a permis de vous mêler de mes affaires ? crie-t-elle, furieuse.

Tenant toujours l'enfant inconsciente dans ses bras, Jim Cole foudroie Martha du regard.

— Vous vous rendez compte que Lucy a failli mourir ? Et par votre faute en plus !

La mégère se tait, prenant soudain conscience de l'état de Lucy. Cessant de se débattre, elle se tient légèrement en retrait.

Suivi d'Alice et des autres, le jeune médecin se dirige vers la cabane. Soudain, Tim Brad se plante devant la porte pour lui en interdire l'entrée.

— Passez-moi la gamine et allez-vous-en ! ordonne le brocanteur d'un ton sec.

— Et puis quoi encore ! s'écrie Alice, qui perd patience. Ce n'est pas votre fille que je sache !

— Et vous, vous n'avez pas le droit d'entrer ! riposte Tim Brad sans répondre directement à la jeune fille. Cette gosse mérite une bonne correction et elle l'aura.

— Ça, ça m'étonnerait ! s'exclame à son tour le docteur Cole. Ou vous aurez affaire à moi !

D'un coup d'épaule, il écarte le brocanteur stupéfait de son chemin et entre dans la cabane, suivi de ses amis. Avec douceur, il étend Lucy sur une couchette qui se trouve dans la deuxième pièce. De ses mains expertes, il palpe les membres de l'enfant, tandis que les autres, anxieux, attendent son diagnostic. Enfin, il déclare :

— Apparemment, elle a un bras cassé et quelques contusions, mais ça n'a pas l'air trop grave.

Alors qu'il prononce ces mots, Lucy revient à elle. Le visage inondé de larmes, elle reconnaît Alice et la supplie en s'accrochant frénétiquement à sa main :

— Ne la laissez pas me reprendre. S'il vous plaît !

— Calme-toi, ma chérie, répond Alice, très

émue. Tu vas venir avec nous au Ranch de l'Érable.

— Quoi ? s'écrie grossièrement Tim Brad en s'avançant.

Jusqu'à présent, l'homme est resté dans un coin, impressionné par l'attitude très professionnelle du jeune médecin.

— J'ai dit, répète Alice sans élever le ton, que Lucy allait venir avec nous au Ranch de l'Érable.

— Jamais de la vie ! Elle ne bougera pas d'ici !

Pour toute réponse, le docteur Cole reprend la petite fille dans ses bras et sort, les autres sur ses talons. Martha et Tim Brad leur courent après, suppliant et menaçant tour à tour.

— Est-ce que l'un de vous pourrait tirer mon cheval par la bride, dit Jim en ignorant les deux personnages, comme ça, je pourrai transporter Lucy plus facilement. Elle ne sera pas trop secouée si on avance au pas. L'important, c'est de la coucher le plus vite possible dans un bon lit.

— Si vous prenez cette enfant, j'appelle la police ! s'écrie Tim Brad, hors de lui. Rendez-la-moi !

— Laissez-nous passer, dit David froidement en poussant le brocanteur pour dégager le passage.

L'homme, fou de rage, se met à courir en direction de la cabane.

— On va voir si vous n'allez pas me la rendre, hurle-t-il. Attendez que je prenne mon fusil !

Alice et ses amis ne savent pas jusqu'où Martha et Tim Brad sont capables d'aller. Aussi, ils se dépêchent de monter à cheval et de s'éloigner. Jim Cole porte Lucy avec tant de soin que la petite fille s'endort dans ses bras durant le trajet. Quand, enfin, la petite troupe arrive au ranch, le jeune médecin couche délicatement Lucy dans un lit et l'examine une dernière fois avant de rejoindre les autres sous la véranda. Les jeunes gens tiennent alors conseil. Que faut-il faire au sujet de Martha et de Tim Brad ?

— Je ne pense pas que cet homme ait de droit légal sur l'enfant, déclare David.

— Moi, je me demande pourquoi il insistait autant pour qu'on laisse Lucy sur place, ajoute Alice songeuse. Toute cette histoire est très étrange. Je suis sûre que c'est Tim qui a poussé Martha à déménager.

— Si elle s'en va maintenant, affirme Jim Cole d'une voix décidée, elle partira sans Lucy. Après le choc qu'elle a eu, il faut qu'elle reste au calme pendant au moins deux semaines. Ça m'étonnerait qu'il y ait des complications, mais je tiens absolument à la garder en observation pour ne

prendre aucun risque. Et demain, je lui mettrai un plâtre.

— Si Martha et cet homme essaient de vous causer des ennuis, je suis là pour vous aider, assure Mme Rolley à Alice. Après ce qui s'est passé ce soir, il ne sera pas difficile de prouver que Martha ne doit pas garder Lucy.

— C'est sûr ! renchérit le jeune étudiant en droit. La petite aurait pu être tuée et elle manque terriblement d'affection, et de soins aussi.

— Je reviendrai demain voir Lucy, dit Jim Cole quand les garçons prennent congé. Mais s'il se passe quelque chose d'anormal pendant la nuit, n'hésitez pas à m'appeler.

Après leur départ, Bess soupire :

— Heureusement qu'on était là pour aider la pauvre Lucy ! Qui sait ce qui lui serait arrivé sinon !

Ses trois amies sont bien du même avis. Épuisées par les événements de la soirée, elles décident de se mettre au lit sans tarder. C'est alors que Mme Rolley se souvient brusquement de quelque chose.

— Au fait, Alice ! J'allais oublier. Pendant que tu n'étais pas là, quelqu'un a téléphoné pour toi... J'ai pris le message, il est sur mon bureau.

— Je parie que c'est mon père !

— Tu as deviné !

Alice se précipite dans la petite pièce qui sert

de bureau à Mme Rolley. Pourvu que son père puisse lui fournir les renseignements qu'elle attend !

chapitre 21

Les événements
se précipitent

Fiévreusement, Alice parcourt le message de son père. Aussitôt, un sourire triomphant illumine son visage. Elle appelle ses amies :

— Venez vite ! Il y a du nouveau !

Marion et Emma, qui fouinent dans la cuisine, à la recherche de quelques biscuits à grignoter avant d'aller se coucher, s'empressent d'accourir. Bess et sa tante les rejoignent.

— Voilà, commence Alice, ça fait un moment que je me dis que Lucy a peut-être été enlevée. Les petits vêtements avec la marque d'un magasin de Philadelphie m'ont mis la puce à l'oreille. Alors j'ai écrit à mon père pour lui demander de consulter les fiches de police et les journaux de Philadelphie d'il y a quelques années. Je viens de recevoir sa réponse.

— Et qu'est-ce qu'il dit ? demande vivement Emma.

— Apparemment, il a eu beaucoup de mal à obtenir ces informations. C'est pour ça qu'il a mis tant de temps à me répondre.

— Allez, ne nous fais pas attendre ! supplie Marion. Qu'est-ce qu'il t'apprend ?

— Pour commencer, il a essayé de retrouver la maison de confection de Philadelphie. Mais « Godman et Godman » n'existe plus depuis deux ans ! Ça faisait déjà une piste de moins. Ensuite, papa a pris contact avec la police pour qu'un agent fasse des recherches pour lui... Il n'a mis la main que sur une seule affaire d'enlèvement, qui remonte à six ans. L'enfant n'a jamais été retrouvée.

— L'enfant ? C'était une fille ? demande Bess.

— Oui. Une jolie petite fille de trois ans, qui s'appelait Louise Bowen. La police suppose que c'est un des employés des usines Bowen qui l'a enlevée pour se venger de son patron. L'homme venait juste d'être renvoyé. Le père de la petite a remué ciel et terre pour la retrouver et il a promis une belle récompense mais sans succès.

— Et l'employé suspect ? Qu'est-ce qu'il est devenu ? questionne Marion.

— Il s'est volatilisé, lui aussi, et personne n'a pu retrouver sa trace.

— Si l'enfant avait trois ans à l'époque, fait

remarquer Mme Rolley, elle doit en avoir à peu près neuf aujourd'hui.

— Ce qui correspond à l'âge de Lucy Brown, conclut Alice.

— Tu penses que Lucy et Louise ne sont qu'une seule et même personne alors ? avance Bess.

— Je n'en sais pas plus que vous. Mais c'est une piste à creuser, il me semble.

— Mais, dis-moi, interrompt Marion. Les parents de Louise ont renoncé à retrouver le kidnappeur ?

— Les recherches ont continué pendant un certain temps, mais Mme Bowen est morte de chagrin deux ans après la disparition de sa fille et, quelques mois plus tard, M. Bowen s'est tué dans un accident de voiture. Louise est leur seule héritière et elle touchera une fortune énorme, à condition de la réclamer rapidement. En fait, si on ne la retrouve pas avant un an, toute la somme ira à des œuvres de bienfaisance.

— Ça serait formidable si Lucy était réellement Louise Bowen ! s'écrie Emma.

— Oui, soupire Alice, mais pour l'instant, on n'a aucune preuve... En fait, il faudrait que je jette un œil dans la vieille malle avec la poupée et les vêtements d'enfant. Je suis sûre que ça pourrait m'apprendre quelque chose.

— Ça ne sera pas facile, objecte Marion. Martha a l'air de rester vissée à la cabane.

— Je trouverai bien un moyen !

Cette nuit-là, Alice ne dort que d'un œil. À plusieurs reprises, elle se lève pour vérifier que sa protégée dort bien. Ce n'est que vers le matin que, vaincue par la fatigue, elle s'endort profondément à son tour.

Marion la réveille d'une bourrade amicale.

— Debout, Alice ! Martha Frank est ici.

— Qui ? demande Alice encore à moitié endormie.

— Mar-tha-Frank ! Elle n'arrête pas de hurler pour récupérer Lucy. Mme Rolley lui a clairement expliqué que la petite resterait au ranch, mais elle refuse de s'en aller.

Tout à fait lucide maintenant, Alice s'habille rapidement. Ses yeux expriment une froide détermination.

— Ne t'inquiète pas au sujet de Martha, dit-elle à son amie. Ne bouge pas de la maison et veille bien à ce qu'elle ne s'approche pas de Lucy.

— Qu'est-ce que tu comptes faire, toi ? s'enquiert Marion.

— Je vais profiter de l'occasion... Je file à la cabane pendant que Martha est ici. La chance me sourit, ma vieille ! C'est le moment ou jamais d'inspecter cette fameuse malle !

— Mais si Martha te voit sortir ?...

Alice court à la fenêtre et regarde dehors.

— Elle est là, plantée devant le porche. Je vais passer par la porte de derrière. Si elle veut s'en aller avant que je sois revenue, essaie de discuter avec elle pour la retarder.

— Ce n'est pas un peu dangereux tout ça ? hasarde Marion, soucieuse.

— C'est ma seule chance de trouver la preuve dont j'ai besoin. Et puis, de toute manière, Martha ne me fait pas peur !

Averti par Marion, Georges Manner selle un cheval et, sans être vu de Martha, amène l'animal jusqu'à la sortie derrière le ranch. Alice se faufile discrètement dehors, enfourche sa monture et s'éloigne sans bruit. Elle sait que le temps lui est compté, alors elle effectue le trajet entre le ranch et la cabane à toute allure. Sur place, elle attache son cheval à un arbre et s'approche de la masure. Après une brève hésitation, elle pousse la porte, l'oreille tendue.

— C'est bon, je n'entends rien. Il n'y a personne !

Elle entre donc avec hardiesse et passe dans la pièce du fond. La malle est dans un coin. La jeune détective la tire et en soulève le couvercle. Puis elle se dépêche de faire l'inventaire de ce qu'il y a à l'intérieur. Elle n'accorde qu'un rapide coup d'œil aux vêtements et à la poupée. En

revanche, elle examine avec attention la boîte à bijoux. Un médaillon retient son attention. Elle l'ouvre. Malheureusement, il ne contient pas de photo ! C'est alors qu'elle met la main sur une petite bague. À l'intérieur de l'anneau d'or, elle peut déchiffrer deux initiales : « L.B. ».

— Lucy Brown, Louise Bowen ! murmure Alice. Maintenant, il n'y a plus de doute : Lucy et Louise ne font qu'une. Jamais la pauvre Lucy n'aurait eu une bague gravée à son nom !

Après quelques secondes de réflexion, elle enveloppe la bague dans son mouchoir et la fourre dans sa poche. Puis elle rabat le couvercle de la malle et remet celle-ci en place. Soudain, un curieux sentiment de malaise l'envahit. Elle se retourne brusquement. Tim Brad est là, sur le seuil, et la regarde, un mauvais sourire aux lèvres...

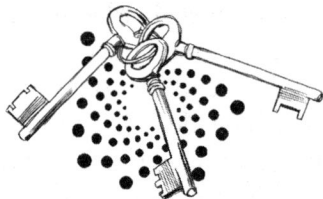

chapitre 22

Épisodes inattendus

Alice ne peut retenir un cri de surprise. Elle ignore si le brocanteur l'a vue prendre la bague, mais il a évidemment compris pourquoi elle est là.

— Te voilà prise au piège, ma belle ! lance Tim Brad en s'avançant d'un air menaçant.

Il empoigne Alice par le bras et fait mine de la frapper.

— Je vais t'apprendre à te mêler de tes affaires ! jette-t-il d'un ton hargneux.

La menace, au lieu d'effrayer Alice, provoque sa colère. Elle se dégage de l'étreinte et se précipite vers la porte. Mais Tim Brad lui barre le passage.

— Laissez-moi sortir !

— Certainement pas !

L'homme essaie de l'attraper par le poignet

163

mais elle est plus rapide que lui et lui échappe. Cependant, elle commence à avoir peur. Tim Brad est violent et il semble bien résolu à lui donner une correction. Comme il tente une nouvelle fois de la saisir, elle lance son poing en avant, de toutes ses forces. Le coup atteint le brocanteur à la pointe du menton. L'homme vacille, cherche à se retenir à une chaise puis s'effondre sur le plancher. Alice n'en espérait pas tant ! À la fois consternée et triomphante, elle contemple son ouvrage. Son adversaire est juste assommé. Dans un instant, il va se remettre sur pied. Mais, d'ici là, elle sera loin !

La jeune détective s'élance hors de la cabane, enfourche son cheval et reprend au galop le chemin du retour. Elle peut déjà apercevoir le Ranch de l'Érable, quand elle distingue, sur la route qui y mène, une voiture arrivant à vive allure.

« Ça doit être Jim Cole qui vient poser le plâtre de Lucy », se dit-elle.

La voiture et le cheval d'Alice se rencontrent à quelques dizaines de mètres du ranch. C'est bien le jeune docteur qui conduit. Mais il y a un homme à côté de lui. À sa grande surprise, Alice reconnaît Eddy Rogers.

— Bonjour, Alice, dit Jim en s'arrêtant. Tu es bien matinale ! Comment va notre malade ce matin ?

— Elle dormait encore quand je suis partie.

Quant à moi, j'ai eu un début de journée bien agité !

Le médecin lui jette un regard interrogateur mais ne la questionne pas tout de suite. Se souvenant soudain qu'il n'est pas seul, il se retourne vers son compagnon de route.

— Alice, tu connais M. Rogers, il me semble.

— Oui, bien sûr ! réplique Alice en souriant au libraire.

— Je l'ai croisé en ville ce matin et j'ai trouvé qu'il avait l'air un peu fatigué, explique Jim, alors je lui ai ordonné un grand bol d'air des montagnes. Je l'ai kidnappé au passage.

Alice suppose que le docteur Cole n'a pas précisé à son compagnon le but de leur promenade. Sinon, aurait-il accepté de revenir au ranch ?

Jim remet son moteur en marche tandis que la jeune fille lance son cheval au petit trot. Elle entre dans la cour au moment précis où Jim descend de voiture, sa trousse à la main. Tous deux se dirigent côte à côte vers la maison. La jeune fille aimerait bien raconter à son compagnon ce qu'elle vient de découvrir dans la cabane, mais comme Eddy Rogers marche en silence derrière eux, elle préfère attendre.

Martha est là, assise sur les marches de la véranda. Elle se lève de mauvaise grâce pour permettre aux arrivants de passer. Son regard hostile se pose d'abord sur les deux jeunes gens. Puis

elle voit Eddy Rogers. Alors, ses yeux s'arrondissent et sa bouche s'ouvre involontairement. Toute sa physionomie exprime la stupéfaction et l'effroi. Tendant les mains devant elle comme pour repousser une vision, elle se met à prononcer des mots sans suite. Alice la regarde, éberluée. Soudain, Martha pousse un hurlement et tente de s'enfuir.

— Arrêtez-la ! crie Alice. Ne la laissez pas partir !

Martha est déjà arrivée à la barrière mais là, elle se heurte à Georges Manner, qui arrive, un seau de lait frais à la main.

— Hé, Martha ! s'exclame-t-il en saisissant la fugitive par le bras. Où est-ce que vous allez comme ça ?

— Lâchez-moi ! hurle Martha en se débattant.

Tout ce vacarme fait accourir Mme Rolley, Bess, Marion et Emma.

— Je crois que j'ai fait peur à cette femme, explique Eddy Rogers calmement. Elle m'a regardé comme si elle avait vu un fantôme, puis elle est partie en courant.

— Alice m'a crié de l'arrêter, continue Georges Manner.

— Oui, enchaîne Alice. J'avais une question à poser à Martha.

Et, se tournant vers la vieille femme, elle demande :

— Est-ce que vous pouvez me dire où vous avez pris ça ?

Disant cela, la jeune fille tire son mouchoir de sa poche et le déplie pour laisser apparaître la bague. À la vue du petit bijou, Martha tente une nouvelle fois de s'échapper. En vain. Le régisseur la tient fermement.

— Où est-ce que vous avez pris cette bague ? répète Alice froidement en regardant Martha.

Celle-ci, cessant de se démener, hausse les épaules sans répondre.

La détective commence à perdre patience. Puis, se rappelant que Martha a essayé de s'enfuir après avoir vu Eddy Rogers, elle tourne vers celui-ci un regard plein d'espoir.

— Vous connaissez Martha Frank ? lui demande-t-elle.

Le libraire secoue la tête.

— Non, c'est la première fois que je la vois. Je ne comprends pas pourquoi elle a eu si peur de moi.

Tandis qu'il parle, Martha le regarde, d'abord avec crainte, ensuite avec ébahissement. Alice remarque cet étrange changement d'expression. Un instant, elle paraît perdue dans ses pensées... Comment obliger Martha à avouer la vérité ? De toute évidence, elle a retrouvé son sang-froid à partir du moment où Eddy Rogers a affirmé qu'il

ne la connaissait pas. Alors, la jeune détective tente le tout pour le tout.

— Que vous vouliez parler ou pas, ça ne change rien. J'ai la preuve que vous avez enlevé Lucy à Philadelphie !

chapitre 23

Martha parle

La phrase d'Alice a l'effet d'une bombe. Martha se met à hurler :

— Non ! Ce n'est pas moi qui l'ai enlevée ! C'est...

Et, brusquement, elle s'arrête, prenant conscience qu'elle vient de se trahir.

— C'était qui alors ? s'empresse d'enchaîner Jim Cole.

— Tim Brad, répond Alice à la place de Martha et sans cesser de fixer sur celle-ci un regard accusateur.

La vieille femme perd soudain toute son arrogance. Elle courbe la tête et les épaules. Tout son corps se met à trembler.

— C'était bien Tim Brad, n'est-ce pas ? insiste Alice.

— Oui, avoue Martha, accablée. C'est bon,

vous avez gagné. Je vais vous raconter toute l'histoire... Tim Brad est mon frère.

— Votre frère ! s'écrie Alice. C'est pour ça qu'il venait si souvent à la cabane !

— Il y a quelques années, poursuit Martha, on habitait à Philadelphie, Tim et moi. Il gagnait bien sa vie et on mettait de l'argent de côté pour acheter la maison où on vivait.

— Une minute ! coupe Jim. Vous dites que Tim Brad est votre frère, mais vous n'avez pas le même nom de famille.

— En réalité, Tim s'appelle Bill Benson... et Benson est mon nom de jeune fille. Mon mari est mort il y a dix ans, et c'est pour ça que je suis allée vivre avec Tim.

— Je vois. Continuez...

— Tout se passait très bien à Philadelphie. Bill travaillait dans une grande entreprise. Un jour, le patron, M. Bowen, s'est aperçu qu'une grosse somme d'argent avait disparu d'un tiroir de son bureau. Alors il a ordonné que tout son personnel soit fouillé. Et, malheureusement, mon frère avait une liasse de billets dans sa poche, exactement du même montant.

— C'est bien lui qui avait pris l'argent alors, dit Marion.

— Non ! Bill a beaucoup de défauts, mais ce n'est pas un voleur. Cet argent était à lui, c'étaient toutes nos économies. Il les gardait

toujours sur lui, de peur qu'on les lui vole. Et ça lui a coûté très cher. M. Bowen a tout de suite conclu que c'était lui le coupable.

— Votre frère ne lui a pas expliqué pourquoi il avait cet argent sur lui ?

— Bien sûr que si ! Mais M. Bowen ne l'a pas cru. Il a pris l'argent et il a mis Bill à la porte en lui disant qu'il pouvait s'estimer heureux qu'il ne porte pas plainte contre lui.

— Si ce que vous dites est vrai, cette histoire est très injuste, concède Alice.

— Ça a été terrible pour nous. Bill était hors de lui... et je ne pouvais pas l'en blâmer. M. Bowen l'a chassé comme un malpropre et il n'a pas réussi à retrouver du travail. Je n'en ai pas trouvé non plus. Bien sûr, on n'a pas pu acheter la maison, et il a fallu vendre nos meubles. On a tout perdu. C'est à ce moment-là que Bill a commencé à parler de vengeance. J'ai bien essayé de le raisonner mais il a refusé de m'écouter. Une nuit, il est entré dans la maison de son ancien patron, il a bâillonné sa fille et l'a enlevée, en emportant quelques affaires à elle.

Alice se méfie encore de Martha mais elle doit admettre que son récit paraît logique.

— Qu'est-ce qu'il s'est passé ensuite ? demande-t-elle.

— Bill est revenu avec Louise dans le minable quartier de Philadelphie où on avait fini

par déménager. Au moment où j'ai ouvert la porte de notre baraque pour le laisser entrer avec la petite, il lui a enlevé son bâillon. Il ne pensait pas qu'elle se mettrait à crier. Mais évidemment, Louise s'est mise à appeler sa mère en hurlant !

— Quelqu'un l'a entendue crier ? s'enquiert Marion.

Le regard de Martha se pose alors sur Eddy Rogers, qui écoute l'étrange histoire avec un intérêt visible.

— Oui, avoue-t-elle. Un homme passait dans la rue pile à ce moment-là. Apparemment, il a compris tout de suite qu'il s'agissait d'un enlèvement et il a essayé d'intervenir. En désespoir de cause, Bill lui a jeté une grosse bûche de bois. L'homme l'a prise en pleine tête et il s'est effondré. Alors on l'a traîné dans notre baraque et on a essayé de le ranimer pendant un bon quart d'heure. Mais il n'a pas bougé, alors on a pensé qu'il était mort. Bill a commencé à paniquer : il ne pouvait pas se faire à l'idée qu'il venait de tuer un homme ! On ne savait plus quoi faire mais, de toute façon, il fallait quitter Philadelphie au plus vite. Au départ, Bill n'avait aucune intention de commettre un crime. Il comptait juste garder l'enfant quelques jours pour faire chanter M. Bowen et l'obliger à écouter ce qui

s'était réellement passé. Dans ces conditions, ça devenait impossible.

— Alors vous êtes venus dans l'Ouest ? dit Jim.

— Oui. On a fait nos paquets dans la nuit et on est partis immédiatement. Quand on a échoué ici, on s'est dit qu'il valait mieux ne pas habiter ensemble. Avec le peu d'argent qui nous restait, Bill a acheté pour une bouchée de pain une boutique qui était au bord de la faillite. Il l'a restaurée lui-même, puis il y a installé son magasin d'antiquités. Très vite, il a gagné de quoi nous faire vivre tous les trois.

— Est-ce que vous avez su que le père de Louise offrait une forte récompense si on lui ramenait sa fille ? l'interroge Alice.

— Oui. On l'a appris par les journaux. Mais ça ne changeait rien. Si on avait pu renvoyer la petite, on l'aurait fait. Le problème, c'est qu'elle avait tout vu. Elle était petite, bien sûr, mais elle pouvait parler. La police aurait vite fait le rapprochement avec le meurtre de Philadelphie et mon frère aurait été accusé d'assassinat.

— Pourquoi est-ce que vous n'avez jamais détruit la poupée et les autres affaires de Louise ? demande Alice. Ces objets risquaient de vous trahir, et c'est d'ailleurs ce qui s'est passé.

— Bill m'a ordonné de m'en débarrasser,

mais je ne l'ai jamais fait. Je n'ai pas eu le courage de brûler ces petits vêtements.

— Il y a une chose que vous ne nous avez pas encore dite. Est-ce que vous savez qui était l'homme que votre frère a tué ?

De nouveau, les yeux de Martha viennent se poser sur Eddy Rogers.

— C'était lui ! dit-elle dans un souffle.

— Quoi ! s'exclame Alice tandis que des cris de surprise fusent autour d'elle.

— Finalement, il n'a pas l'air si mort que ça ! ajoute Martha d'un ton aussi ironique que pathétique.

— Je suis même tout ce qu'il y a de plus vivant, affirme Eddy Rogers avec un sourire un peu effaré. En vérité, toute cette histoire est nouvelle pour moi... mais elle explique ce qui m'a troublé durant tant d'années...

Sous les regards qui se tournent vers lui, le libraire rougit légèrement.

— Mon comportement a dû vous sembler bizarre, reprend-il, et je m'en excuse. Mais, voilà : en fait, je suis amnésique.

— Vous n'avez pas à vous excuser, dit Mme Rolley avec compassion.

— Je vais vous expliquer comment j'ai perdu la mémoire... Je vais essayer tout au moins. Pour ça, il faut que je reprenne le récit de Martha à partir de Philadelphie. Il y a six ans, donc, je me

suis retrouvé dans une baraque d'un quartier sordide de la ville... en me demandant comment j'avais bien pu arriver là. J'avais horriblement mal à la tête. Tout de suite, j'ai pensé que j'avais été attaqué par un voleur. Et pourtant, j'avais plusieurs billets de banque dans une poche intérieure de ma veste. Je n'arrivais pas à me souvenir d'où venait cet argent alors j'ai fini par me dire que j'avais dû venir à Philadelphie pour affaire et que je m'étais perdu dans ce quartier mal famé.

Eddy Rogers fait une pause, puis reprend :

— À ce moment-là, je me suis rendu compte que je ne me souvenais plus de rien. Je ne savais plus comment je m'appelais, ni d'où je venais. Bien sûr, j'ai fait une déclaration à la police mais personne n'a pu m'aider. Aucune disparition d'homme de mon âge n'avait été signalée à Philadelphie.

— C'est terrible ! murmure Bess, les larmes aux yeux.

— Oui, ça a été dur. J'ai eu beau faire tout ce que je pouvais pour retrouver ma mémoire, ça n'a servi à rien. Je ne savais même pas où aller, et pourtant, il fallait bien que je gagne ma vie. Un des policiers a eu pitié de moi et m'a dit qu'on cherchait un caissier dans une banque de River City. Alors, j'ai tenté ma chance et, finalement, j'ai obtenu le poste. C'est là que vous avez dû me voir, Alice. Mais, au bout de quelques

mois, j'en ai eu assez. Je me sentais mal à l'aise dans cette ville inconnue. Encore aujourd'hui, j'ai du mal à parler de cette époque ; j'ai vraiment eu des moments difficiles.

— Et ensuite ? demande Alice, voyant que l'homme commence à se troubler.

— Comme j'avais pu faire quelques économies, reprend Eddy Rogers, j'ai décidé de partir pour l'Ouest et je me suis installé à Greenstown, où personne ne connaissait ma maladie et où je pouvais prendre un nouveau départ. J'ai ouvert une petite librairie et, à part quelques voyages dans l'Est, je n'ai plus quitté la région. Ça fait six ans maintenant que j'essaie de retrouver mon passé. Malheureusement, je ne me souviens de rien depuis ce maudit jour où je me suis réveillé dans cette sordide cabane de Philadelphie ! J'ai pris le nom de Roger... je ne sais pas trop pourquoi. Les gens d'ici l'ont transformé en Rogers. Peu m'importe au fond... En tout cas, après ce que Martha vient de raconter, j'ai bien l'impression que je suis l'homme que son frère a attaqué.

— Oui, c'est vous ! dit Martha. Vous avez essayé de reprendre l'enfant à Bill. Je n'ai jamais oublié votre visage !

— Pourtant, j'ai souvent croisé votre frère en ville. Apparemment, il ne m'a pas reconnu, lui.

— La nuit de l'enlèvement, Bill était dans tous ses états. Il vous a à peine regardé...

— Je comprends. Mais... Dites-moi... est-ce que vous pouvez m'apprendre qui je suis ? demande Eddy Rogers, d'une voix un peu tremblante.

Martha secoue la tête.

— Je ne vous avais jamais vu avant cette nuit-là !

— Alors, ça veut dire que je n'en saurai jamais plus sur mon passé, conclut tristement le pauvre homme. J'espérais tant...

— Un instant ! lance Alice. Vous avez pris le nom de Roger... mais quelque chose a dû guider votre choix, je suppose ?

— Pas vraiment, non. Il m'a peut-être paru vaguement familier... À un moment, j'ai même pensé que ça pouvait être le mien... ou celui d'un ami...

— Est-ce que vous avez déjà pensé à l'écrire à l'envers ? demande Alice d'une voix vibrante. Vous voyez ce que ça donne ?

— Regor ! s'écrient ensemble plusieurs voix après quelques secondes de réflexion.

— Regor ! répète le libraire stupéfait. Regor ! Mais oui... ça me semble bien plus familier que Roger ! Mais... mais... ce n'est pas le nom de cette jeune fille ?...

— Si, dit Alice. Notre amie s'appelle Emma Regor !

Emma devient tout à coup très pâle. Eddy Rogers se tourne vers elle, l'air effaré. Elle balbutie :

— Je dois rêver...

Le libraire continue à la dévisager, étudiant ses traits avec une intensité presque douloureuse. À la fin, ses lèvres s'entrouvrent. Il tend les bras vers l'adolescente.

— Emma ! murmure-t-il avec émotion. Emma !

chapitre 24

Adieu, le ranch !

En voyant Eddy Rogers faire un pas vers Emma les bras ouverts, chacun retient son souffle. Serait-il possible qu'Emma ait enfin retrouvé son père chéri ? Marion, qui est la première à se remettre de sa surprise, murmure à l'oreille d'Alice :

— C'est vrai qu'ils se ressemblent ! Mais ça paraît gros comme coïncidence !

À la même seconde, le libraire laisse retomber ses bras. Luttant pour dominer son émotion, il soupire d'un air triste :

— Il ne faut pas précipiter les choses. Pendant une seconde, j'ai vraiment cru me souvenir... J'ai cru qu'Emma était ma fille. Mais je me suis trompé, c'est certain.

— Peut-être pas, dit Alice avec calme.

Puis, se tournant vers Emma Regor :

179

— Est-ce que tu te rappelles ton père, Emma ? demande-t-elle.

— À peine. J'étais si jeune quand il a disparu ! Je n'ai qu'un vague souvenir de son visage... et les photos que maman a gardées ne sont pas très bonnes. En plus, elles sont très anciennes.

— Ton père s'appelait comment exactement ?

— Robert Eddy Regor.

— Eddy ? répète Alice. C'est le prénom que M. Rogers s'est choisi ! Encore une coïncidence, vous ne trouvez pas ?

— Mon mari, interrompt Mme Rolley, connaissait très bien le père d'Emma. Malheureusement, je ne l'ai jamais vu, moi.

— Quel dommage qu'oncle Doug ne soit pas ici ! s'écrie Bess.

— Je peux lui passer un coup de fil pour lui dire de venir nous rejoindre. Il sera sûrement d'accord s'il sait que le bonheur d'Emma et de sa mère est en jeu. Et puis il vaut mieux ne pas prévenir celle-ci tant que nous ne sommes sûrs de rien, ce serait un tel choc pour elle !

— Oh oui, Tatie ! Vas-y vite !

Mme Rolley rentre précipitamment dans la maison pour téléphoner à son mari.

— Qu'est-ce qu'on va faire au sujet de Martha et de son frère ? demande Marion qui conserve la tête froide.

— C'est à M. Rogers de décider, répond la jeune détective. C'est vrai qu'ils ne se sont pas bien occupés de Lucy, ou plutôt de Louise, mais de toute façon, elle ne restera pas avec eux. Et puis, je crois qu'ils ont été suffisamment punis comme ça.

— Je suis de votre avis, déclare Eddy Rogers. S'ils quittent le pays tout de suite, je ne porterai pas plainte contre eux.

Une expression de reconnaissance envahit le visage de Martha. Contre toute attente, elle murmure quelques remerciements puis s'éloigne en hâte. Lorsque, deux jours plus tard, les cow-boys du Ranch de l'Érable passent devant sa cabane, ils trouvent celle-ci abandonnée.

À la demande de Mme Rolley, Eddy Rogers accepte de passer les jours suivants au Ranch de l'Érable, en attendant l'arrivée d'oncle Doug. Au cours de cette période, Emma et lui ne se quittent pratiquement pas. Ils s'entendent à merveille.

— Si, finalement, M. Rogers n'est pas son père, confie Bess à Alice alors que toutes deux sont assises sous la véranda, Emma sera très déçue.

Alice ne répond pas car, à cet instant précis, son attention est attirée par une voiture qui se dirige à vive allure vers le ranch.

— Tiens, une visite ! annonce-t-elle en se levant. Et ce n'est pas Jim !

— Ni oncle Doug, ajoute Bess. Il avait une affaire à régler avant de partir, il n'arrivera pas avant demain.

— Et pourtant, c'est bien lui ! s'écrie Alice brusquement. Appelle vite les autres !

De son côté, elle se précipite pour accueillir le voyageur.

— Quelle chance que vous ayez pu vous libérer plus tôt que prévu ! s'exclame-t-elle.

— J'ai pris l'avion, c'est quand même plus rapide que le train ! Et puis j'ai loué une voiture pour terminer le trajet. Ah ! Voici Nelly !

Mme Rolley arrive en courant et se jette au cou de son mari. Pendant ce temps, ignorant la présence d'oncle Doug, M. Rogers et Emma arrivent en discutant, le long d'un sentier qui contourne le ranch. M. Rolley aperçoit alors le libraire.

— Robert ! appelle-t-il en s'élançant, la main tendue, à sa rencontre. Tu ne me reconnais pas ?

M. Rogers serre avec effusion la main d'oncle Doug.

— Alors, c'est vrai ! s'écrie-t-il tout ému, je suis bien Robert Eddy Regor ? Je... je n'arrive pas à y croire ! Emma... tu entends ! Tu es ma fille, ma chérie !

Emma a bien entendu. Elle se jette dans les bras de son père. Les spectateurs de cette scène attendrissante s'éclipsent discrètement pour lais-

ser le libraire et sa fille à leur joie. Ils auront tout le temps de fêter ces incroyables retrouvailles plus tard. Peu après, M. Regor téléphone avec mille précautions à sa femme pour lui annoncer la bonne nouvelle. La pauvre femme en pleure de joie, après toutes ces années !

Lucy, redevenue Louise Bowen, est vite à nouveau sur pieds grâce aux bons soins du docteur Cole. Son bras, encore en écharpe, ne la fait plus souffrir. Alice et ses amies l'emmènent à Greenstown pour lui acheter de jolis vêtements, qui la transforment de façon surprenante. Le Ranch de l'Érable, semble-t-il, n'abrite plus que des gens heureux.

— Il y a encore une chose qui me chiffonne, confie cependant un jour Alice à M. Regor. Louise a une fortune qui l'attend... mais pas de foyer. Qu'est-ce qu'elle va devenir ?

— Je voulais vous en parler justement. J'aime beaucoup cette enfant et Emma aussi. J'en ai parlé à ma femme au téléphone. Elle est d'accord et, si on nous y autorise, j'espère qu'on pourra la garder avec nous, dans notre maison de Baltimore.

Alice regarde un moment son interlocuteur, pensive. Depuis qu'il connaît son nom et qu'il a retrouvé sa fille, le libraire s'est complètement transformé. Il a perdu son air gêné et semble

avoir rajeuni. Sa joie est évidente et chaque jour, il retrouve des bribes de son passé.

— C'est formidable ! Louise va être si contente ! finit par dire la jeune fille.

Cependant, il est temps de songer au départ. M. et Mme Rolley sont impatients de revenir à Chicago et Emma et son père brûlent plus encore de rejoindre Mme Regor à Baltimore. M. Regor a vendu sa librairie et compte en acheter une autre dans cette ville.

En revanche, Alice, Bess et Marion se sentent un peu tristes à la pensée de quitter le Ranch de l'Érable.

— Bah ! on reviendra ! déclare Bess. Vous savez que l'acquéreur pour le ranch s'est désisté au dernier moment ?

— Oncle Doug et tante Nelly en sont ravis ! ajoute Marion en riant. Ils se sont entichés de ce vieux ranch et, finalement, ils ont décidé de le garder. Georges Manner a promis de faire des merveilles pour qu'il rapporte davantage.

— Parfait ! s'exclame Alice. Comme ça, tout le monde est content !

Enfin, le jour du départ est là... Fidèle à sa promesse, et avec l'accord des autorités, M. Regor ramène Louise Bowen avec lui. Le voyage jusqu'à Chicago est assez fatigant mais néanmoins très joyeux. À Chicago, le libraire a une merveilleuse surprise : sa femme, incapable

de patienter jusqu'à son arrivée à Baltimore, est venue à sa rencontre. Lorsqu'il aperçoit son épouse sur le quai, M. Regor reste un moment stupéfait puis s'élance vers elle, fou de joie. Le choc des retrouvailles est tel que, dans l'instant, toute une partie de ses souvenirs lui reviennent en mémoire. Les autres voyageurs, touchés par ce spectacle émouvant, sourient de joie en voyant la famille Regor enfin réunie.

Après quelques jours passés à Chicago, Alice dit au revoir à ses amis et prend le train de nuit pour River City. Bess et Marion, quant à elles, restent encore quelques jours chez M. et Mme Rolley.

Comme la jeune fille l'espérait, son père l'attend à la gare.

— Je suis content de te retrouver, ma chérie, lui dit-il en l'embrassant. Si tu savais comme je me sens seul à la maison depuis que tu es partie !

Sur le chemin de la maison, Alice raconte à son père ses dernières aventures.

— Deux mystères à la fois ! s'exclame l'avocat en riant. Eh bien, on peut dire que tu ne perds pas ton temps ! Tu as retrouvé Louise Bowen et découvert qui était le père d'Emma. C'est ce qui s'appelle du bon travail.

— Je reconnais, avoue Alice en riant à son tour, que mon séjour a été plus mouvementé que

prévu. En tout cas, j'ai passé un été mémorable au ranch !

M. Roy hoche la tête et prend un air faussement mécontent.

— Si tu continues à résoudre tous les mystères que tu rencontres sur ta route, tu vas finir par faire de la concurrence à ton pauvre papa !

Alice serre affectueusement le bras de son père.

— C'est ça, fais semblant de t'inquiéter ! Tu sais très bien que, sans ton aide, je n'aurais jamais réussi à tirer au clair cette histoire d'enlèvement à Philadelphie.

— Je t'ai juste donné un petit coup de main. Tout l'honneur de cette affaire te revient, ma fille. Oui, plus j'y pense, plus j'ai peur que tu me piques un jour mes clients sous le nez !

L'avocat se tourne vers sa fille et ajoute en souriant :

— Alors, je ne vois plus qu'une solution : il faut que tu deviennes mon associée !

Alice sait très bien que son père plaisante, mais elle est touchée par le compliment et rougit de plaisir. Puis elle éclate d'un rire heureux.

— Très bien, dit-elle. Il ne te reste plus qu'à faire graver une plaque : « James Roy et Fille ». À moins qu'on ne mette directement « Alice Roy et Père » ! Qu'est-ce que tu en penses ?

Table

1. Une invitation alléchante 7
2. En route pour le ranch ! 15
3. La fin du voyage 23
4. Une aventure 29
5. La cabane mystérieuse 41
6. Qui est Lucy ? 47
7. Alice cow-girl 53
8. L'étrange Tim Brad 65
9. Pique-nique... et émotions ! 71
10. L'aventure se corse 79
11. Visite-surprise 85
12. Le bal 93
13. Une étrange découverte 99
14. Un inquiétant personnage 107
15. Perdues ! 115
16. Nuit d'angoisse 123

17. Sauvées ! 131
18. Coup de théâtre 137
19. Promenade mouvementée 143
20. L'accident 149
21. Les événements se précipitent 157
22. Épisodes inattendus 163
23. Martha parle 169
24. Adieu, le ranch ! 179

Composition MCP – Groupe Jouve – 45770 Saran
N° 016547X

Imprimé en France par Jean-Lamour – Groupe Qualibris
Dépôt légal : janvier 2010
20.07.1179.9/05 – ISBN 978-2-01-201179-3

Loi n° 49-956 du 16 juillet 1949
sur les publications destinées à la jeunesse